集英社オレンジ文庫

霜雪記　眠り姫の客人

佐倉ユミ

本書は書き下ろしです。

CONTENTS

イラスト／あき

霜雪記
眠り姫の客人
まろうど

序

一枚、また一枚と頁（ページ）をめくるたびに、絶望が雪のように降り積もっていく。

かつて栄華（えいが）を極めた宮殿は、今や廃墟となっていた。円了（エンリョウ）と名のついたこの世界では、つねにどこかで争いが起こっており、滅ぼした国の後始末さえしないまま、次の戦（いくさ）へと向かうこともある。そうして国の名すらも失ったこの場所で、残された無数の骸（むくろ）をその懐（ふところ）に抱いて、彼らが土に還（かえ）るまで、宮殿は彼らを守り続けるのだろう。

その一室、ひび割れた壁から光の差し込む書庫は叡智（えいち）の森とも思えたが、記された数々の事実は、求める答えをかすめたかと思うと、遠い場所へと着地していく。それはつまり、求めるものはどこにもないことを示している。

もう疲れた。

答えを探し求めているうちに、いつしか髪は白くなった。老いぬ報（むく）いを受けたはずの体で、髪だけが、時の流れを示している。

諦(あきら)めて、残りの頁をぱらぱらと流し読む。もうとっくに、わかりきっていることばかり。その中に、心惹(ひ)かれる一節があった。著者の思いだろうか、詩のように紡(つむ)がれている。

「祈りが集まれば、その声は届く。たとえ、深い眠りの中にあっても」

本当にそうだろうか。祈りの声ならば、あのとき幾千幾万と集まっていただろうに。あれでは足りなかったというのか。

疑い深く首を傾(かし)げると、真っ白な髪が頬をくすぐった。

信じられないのではない。できるならば、信じたい。そうであってほしいと思う。けれど、願い、祈り、叶(かな)わなかったときに襲いくる虚(むな)しさは、もう嫌というほど知っている。近頃は望みを持つことにさえ臆病になった。

だが、それでも。

本を閉じると、細い光の中に埃(ほこり)が舞った。漆黒(しっこく)の外套(がいとう)を翻(ひるがえ)して歩き出す。足音はどこまでも空虚に響く。

迷うことさえ、許されない。もう、それに縋(すが)るしか、道はないのだから。

第一章

外の騒がしさに目を覚ますと、部屋の中はうっすらと明るかった。何度か瞬(まばた)きするうちに、飾りのように組まれた梁が見えてくる。梁からぶら下げられているのは、乾燥した香草の束だ。深い森の中のような香りがする。ヤコウは目をこすりながら体を起こす。背中まである黒髪は、昨夜、手拭(てぬぐ)いで緩(ゆる)く束ねて寝たはずなのに、ほどけていた。おかしな寝癖(ねぐせ)がついていないか、触って確かめる。

寝付きが悪く、明け方に眠りにつくものだから、朝はいつでも頭がぼうっとしている。大きなあくびを一つして、ヤコウは布団をめくった。夏とはいえ夜は冷え込む山間部で、干したての温かい布団にくるまって眠るのは最高だった。それだけでも、ここはいい宿だったと思える。

裸足(はだし)のまま寝台を降り、まっすぐに窓へと向かう。光るほどに磨かれた床が、足の裏にひんやりとして気持ちいい。両開きの固い鎧戸(よろいど)を開け放つと、一気に流れ込んできた清々(すがすが)

しい空気と眩(まぶ)しいほどの光に、ヤコウは目を細めた。その光は、鮮やかな緑色をしていた。山の斜面につくられた村は一面、夏を迎えて葉の勢いを増した木々と、輝くような棚田とに囲まれていた。その上を通ってくる風は水気を湛(たた)え、寝起きの熱を持った肌にまとわりついて冷やす。鼻腔を通るのは、爽(さわ)やかな青い匂いと、朝露(あさつゆ)に湿る土の匂いだ。ヤコウは両腕を上に目いっぱい伸ばし、深く息をする。冷たい空気が肺に染み込み、頭が徐々に冴(さ)えてくる。

　景色の中にはぽつぽつと、白や黒や赤の色が交じる。それらは民家や炭焼き小屋で、壁は石造りか白い漆喰(しっくい)、屋根瓦(がわら)はみな黒く、玄関の扉だけが共通して真っ赤に塗られている。赤はこの土地では幸福を呼び込む色とされ、少しでもくすんだり剝(は)げたりすればすぐに塗り直すので、家全体は黒っぽくても、扉だけはいつでも目の覚めるような赤だ。その色が、緑色の景色の中でより映(は)える。

　寝不足なのも忘れて、ヤコウはため息をついた。この季節に来られてよかった。きっと、今が一番美しい時季なのではないだろうか。しばらく幸福感に浸(ひた)ったあとで、いや、と思い直す。秋に黄金(こがね)色に染まる棚田と、錦(にしき)のような山々もきれいだろう。春の花と新緑とに彩られた景色もいい。冬には一面雪に埋もれて、白と黒との中に、真っ赤な扉だけが色を持つ景色も見てみたい。

いいところだ。ヤコウは窓枠に頬杖をついて呟く。静かならもっとよかったのに。

宿から見える広場には、続々と村人たちが集まっていた。朝から集会でもあるのだろうか。それにしては、小さな子供まで連れた家族や、畑仕事の途中らしい、足を泥だらけにした人まで急いでやってくる。何があるのだろう。

寝台脇の卓まで着替えを取りに行こうとして、ヤコウは床に置いていた大きな行李に思いきり足の小指をぶつけた。ぎゃっと思わず叫んだが、商売道具に当たるわけにもいかず、涙目で堪えて片足で飛び跳ねて進んだ。

ヤコウは行商人だ。行李に仕入れた品物を詰め、交通の便の悪い、いわゆる辺境の町や村を転々としている。

足場の悪い山道を登り、吊り橋を渡り、この霞涼村に着いたのは昨日のことだ。着いてすぐ、村の中を見て回る間もないまま、ヤコウは村人たちに請われてすぐに商売を始めた。一行商人がこんなに待ち望まれることなど滅多にない。広場に敷物を広げ、品物を並べると、端から飛ぶように売れた。自然の豊かさと、物の豊かさとは別なのだと、ヤコウは痛感する。彼らはよほど困っていたようで、乾物や薬、日用品の類はあっという間に売り切れて、今日はもう売る物もなくなってしまった。行商人が来ること自体が久しぶりだったようだ。もっと持ってくればよかったと、村人たちの顔を見回して思ったものだ。今日は村で余っているものを売ってもらって仕入れとし、早々に立ち去ろうと思っていたのだが。

面倒事でなければいいが。そう思いながら、ヤコウは身支度を整える。

長い黒髪は後ろで一本に編み、翡翠(ひすい)の玉飾りのついた紐(ひも)で結ぶ。もう慣れているから、わざわざ鏡を見ることもない。ゆったりとした造りの黒の下衣を穿(は)き、足首のところを紐できゅっと絞る。涼しげな青磁色の上衣は太もも辺りまでの丈(たけ)で、前で合わせて帯を締め、最後に、寝台の足元に置いていた革長靴を履(は)いた。丈夫な厚手のものだ。

宿の一階へ下りると、誰もいなかった。宿屋の夫婦まで出払っているようだ。玄関の扉はやはり赤く、その夫婦は戸口のすぐ外にいた。広場に入りきれなかった人々が、宿の前まで溢(あふ)れている。

「ああ、お客さん、起きたかね。おはよう」

体は広場の方へ向けたまま、首だけ振り向いて主人が言う。

「おはようございます」

「昨日買った目薬、いいよ。今日はいつもよりはっきり見える」

「それはよかったです。けむり柳(やなぎ)の目薬は効きますからね」

「ありがとうよ。これで猪(いのしし)や鹿(しか)が出ても今度は当たる」

猟銃を構える真似をする主人に、ヤコウは頷(うなず)く。田畑を荒らされて困っているのだと、昨日村人たちから聞いた。

「ああそうだ、食事ならちょっと待っておくれ。今、すごい人が来てるんだ」

「すごい人？　誰です？」

ヤコウの問いに、主人は広場の方を指した。その辺りには、台にでも乗っているのか、人だかりの中からひょこりと頭を飛び出している男がいた。若い男だ。癖のある髪を後ろで一つに結び、額（ひたい）を出している。

「あの方さ」

急にかしこまった物言いをして、どこか怯（おび）えるように主人は声をひそめる。

「術師なんだそうだ」

ヤコウは思わず舌を噛みそうになった。慌（あわ）てて広場の男と宿の主人の顔とを見比べる。

「術師？　本物、ですか？」

ヤコウの声は村人のざわめきに掻き消され、主人はすでにこちらを見てはいなかった。

「そんな、術師って」

そう言われても、すぐに信じることはできなかった。

不思議な力を使い、自然界に棲（す）む精霊の声を聞き、操り、星や時空さえ意のままに動かせると伝えられる者。それが術師だ。数々の術はときに、国を傾けることすらあるという。

だが、術師が恐れられているのは、それだけが理由ではない。彼らは、こうも呼ばれる。

人として生まれ、人でなくなったもの。

術を極めるごとに人から離れていき、一人前になれば、とても人とは呼べぬ存在になるという。その証拠に人よりも遥(はる)かに長く生き、しかし肉体は歳を取らず、見た目はいつまでも若いままらしい。

名前だけは誰でも知っている。術師の登場する伝説やおとぎ話は数知れない。そしてほとんどの場合、物語の中で、彼らは悪役として描かれる。正しい国を滅ぼすのも、善(よ)き竜と戦うのも、大抵は術師だ。

歴史書にも術師のことは記されており、大昔は実在したと言われているが、伝説との混同も認められ、真偽のほどはわからない。実際に会ったという人も聞いたことがないが、もし彼が本当に術師なら、なぜこんな山深い村にいるのだろう。いったい、何のために。

「よろしいですか、皆さん。私が来たからにはこの村はもう安泰(あんたい)です」

広場に立つ男が口を開くと、集まった村人たちは口を噤(つぐ)み、彼の声に耳を傾けた。

術師と名乗るその男は、どこにでもいる若者に見えた。顔つきもそうだが、着ているものも厚手の綿の着物と黒い下衣で、ヤコウや村人たちと変わらない。唯一違うのは、着物の上から羽織った、地面につくほど丈の長い、袖(そで)のない真っ黒な外套(がいとう)くらいだろう。それは、古くから伝えられる術師の装いでもある。不吉とされているため、普通なら避ける代物だ。

「私の名はジリュウ。ここは緑豊かな美しい土地ですが、それでも、日々お困りのこともあるでしょう」

　村人たちが顔を見合わせて頷く。

「そうでしょう。私は自分のこの特別な力を、あなた方のように困っている人々のために使いたいのです」

　ヤコウは宿の赤い扉にもたれて腕を組んだ。ジリュウは喋るたびに、黒い外套をわざと大きく揺らし、ばさりばさりと音を立てる。外套の裾が翻るたびに、泥に汚れた革長靴が見えた。

「さあ皆さん、どうぞ願いを言ってごらんなさい。私には不思議な力がある。叶えて差し上げましょう」

　彼が人の好さそうな笑みを見せると、村人たちは小声で言葉を交わし合い、はじめはおずおずと、やがて声高にそれぞれ主張し始めた。

「術師様、実は米の取れ高が年々少なくなっているのです」

「山全体の実りが少なくなっていて、動物たちが村まで下りてくるようになりました」

「あの厄介な山の主の大猪を、どうか退治してくださいませんか、術師様。あいつのせいで畑は荒らされ、山に入った者が二人も死にました」

「子供たちに腹いっぱい食わせてやりたい。それだけなのです」

縋るように、村人たちはジリュウに懇願する。宿屋の主人もだ。手を合わせ、拝むようにぶつぶつと呟いている。それを聞くジリュウは両手を広げ、わかったような顔でうんうんと頷いていた。村人を見回す目つきに、ヤコウはなにか嫌なものを感じる。これから救いの手を差し伸べようという相手を見る目ではない気がするのだ。

親に連れてこられたのだろう、人形を抱きしめた三、四歳の少女が、大人たちの中から抜け出して、ヤコウの傍へ来て座り込んだ。

「あれ、なに？」

綿毛のような眉を寄せる額には、汗が浮かんでいる。

「さあ、なんだろうね」

ヤコウは後ろで編んだ髪の付け根に、小指を突っ込んでぽりぽりと掻いた。急いで編んだので、髪を少し引っぱりすぎてしまったようだ。付け根がひりひりとする。

「お嬢ちゃんはここにいな」

昨日、あんなにも商品が売れた理由に、ヤコウは今さらながら合点がいった。田畑の作物や、猟で獲物が獲れなければ、村全体の収入が落ち込む。麓の町まで下りて必要なものを買う、その時間や金銭的余裕までなくなってしまったのだろう。ここでは手に入りにくいものばかりではなく、本来は村で作れるはずの漬物や燻製肉や、こんなものまでと思うような、擦り切れの目立つ古着の類まで、取り合うようにしてあっという間に売り切れていた。

そこへ人智を超えた力を持つ者が現れれば、縋りたくもなるだろう。

だが、ジリュウは人間だ。

はっきりとした理由はない。本物の術師を見たことがあるわけでもない。しかし、この男は紛れもなく、人間でしかないものだ。行商人として多くの人を見てきたヤコウの直感がそう告げる。村人の願いは叶わない。

「皆さんのお困り事はよくわかりました。村を豊かにしてほしいという願い、叶えて差し上げましょう」

「本当ですか?」と、最前列から声が上がる。

「ええ。ですが、それには代価を」

戸惑いの吐息が村人たちの間から漏れた。

「今の願いに相応しいだけの、代価をいただかなければ。何にでも対価は必要です。当然でしょう」

丁寧な口ぶりでも、彼は強気だった。村人たちの願いの切実さなど、気にも留めないような言い方だった。

それでも、村人は各々差し出せるものを探す。ばらばらと家に帰り、少しでも価値のありそうな、骨董品や装飾品を持って、また広場へと戻ってきた。これでは代価という名の貢物だ。中には、昨日売った薬や香辛料を持ってくる者もいて、ヤコウは気分が悪くなる。それで本当に願いが叶うのならかまわないが、ジリュウの顔を見ていると、そうは思えない。けむり柳の目薬を持って行こうとする、宿屋の主人を止める。

「しかしね、お客さん」

ヤコウは首を横に振る。

「まだ、目が完全によくなったわけじゃないでしょう」

「村が豊かになれば、目薬はまた買えるよ」

主人の言葉に、ヤコウはそれ以上何も言えなかった。

木の台に足を組んで腰掛けたジリュウは、次々と積まれる貢物を見下ろしては、唇を横に引き伸ばして笑っている。

「すみませんね、皆さん。ですが、これも願いを叶えるために必要なものですから」

必死な様子の村人たちには、彼の笑顔は慈悲深く見えているようだ。宿屋の主人も言う。

「村のために必要なら、米が穫れるようになるなら、これくらい」

彼は小走りでジリュウのもとへ向かった。

村人たちの様子を見ながら、ジリュウは上機嫌に口を開いた。

「実は私は、二百年も前に、かの国を追われた術師なのです。皆さんもご存じでしょう」

ジリュウが村人の顔を見回すと、男の一人が驚いて言った。

「もしや、あの眠り姫の?」

「そう、そうです！」と、ジリュウはうれしそうにその村人の顔を指す。

有名なおとぎ話だ。今からおよそ二百年前、西の果てにある銀盞という国で、ある術師が、皇帝の孫娘に眠り続ける呪いをかけた。術師は皇家に恨みを持っていたのだ。怒った皇帝は将軍に命じて術師を捕らえさせ、首を刎ねたが、どういうわけか術師は生きており、そのままどこかへ逃げ延びてしまった。そのため孫娘の呪いは解けず、皇帝夫妻は病の床に臥して、やがて亡くなったという。

呪いで眠らされた孫娘は今でも眠り続けたままだと言われているが、本当のところはわからない。

事件の影響で、国内の治安は乱れ、度重なる戦によって、銀盞国は人も領地も失った。

今は山間の小国となった国の出来事が、おとぎ話なのか歴史の一部なのかさえ、遠い土地に暮らすヤコウには確かめようもないことだ。

だが、その話が本当だとすれば、このジリュウという男は一国の姫に呪いをかけた罪人ということになる。得意げに話すことだろうか。村人たちは畏怖の念を抱いたか、ますます頭を低くする。

「どうして私が、自分の正体を明かしたかわかりますか？」と、ジリュウは尋ねるが、答えを待つ気はないらしい。続けて言う。

「あなたたちに、教えて差し上げようと思いまして」

風が、彼の後ろから村人たちに向かって吹いた。雲が流れ、日差しがジリュウに降り注ぐ。

「たとえ私が悪だとしても、二百年かかったとしても、皇帝も神さえも、私を罰することはできないのだと」

一番前で聞いていた数人が、彼から目を離せないかのように硬直したまま、ゆっくりと膝をついた。ジリュウへの恐怖心は、彼らから後方の村人たちへとさざ波のように伝わり、そこここで、もっと貢物を用意した方がいいのではないかと、顔を見合わせて囁き合う声がする。

「ほら、やっぱり」と、宿屋の夫婦も目配せした。

ヤコウは無言で首を横に振るしかなかった。

ジリュウのしていることは悪趣味だ。あれでは脅しではないか。そんな者への貢物とやらに、苦労して背負ってきた品物が差し出されるのは我慢ならない。

ヤコウはジリュウを睨みつける。その顔は、困惑する村人たちの中で目を引いたのかもしれない。彼のいる場所からは距離があるのに、吸い寄せられるように目が合った。

「そこのお前、なんだ、その顔は」

声を張り上げ、黒い外套を払って台の上に立つと、ジリュウはヤコウを指差した。

「いえ、別に」

素っ気なく答えると、彼はヤコウの服装をじろじろと眺めた。履き古して色の変わった革長靴は長く旅をしている証だ。

「お前、村の者ではないな」

「ええ、そうですよ。山越え谷越え、町から町へ。しがない行商人でございます」

開き直ったように言うが、彼は疑いの視線を向けたままだ。さて、どうするか。

面倒事に巻き込まれるのは避けたいが、このまま村人たちの金品や食料を巻き上げられるのを、見過ごすわけにもいかなかった。たとえヤコウが何も失わなかったとしても、これでは、村を去ったあともずっと後悔することになる。寝付きもますます悪くなるというものだ。宿屋の夫婦が、心配そうにヤコウとジリュウとを交互に見ている。

ヤコウは自分の直感に自信があった。ジリュウは術師ではない。ごく普通の人間だ。どうしたら、それを村人たちに信じてもらえるだろう。

ヤコウはジリュウの発言を、ひとつひとつ思い返していた。そして、よし、と腹を括ると、足元に座り込んでいる少女の肩を叩いた。

「お嬢ちゃんはお母さんのとこに帰りな」

え、とこちらを見上げ、彼女は頬を膨らませる。

「さっきは、ここにいなって言ったよ」

「事情が変わったの」

「じじょう」

「そう。いい子だから帰りな」

渋々立ち上がる彼女の背を軽く押すようにして、その場から離す。遠巻きにこちらの様子を窺っている人々の中に、ちょうど母親を見つけたらしい。少女はすぐに駆け出した。

「術師様、ちょっとお尋ねしてもよろしいですか」

少女が母に抱き上げられるのを見て、ヤコウはジリュウの方へと歩き出す。何事かと人垣が割れて、術師のもとまで一本の道ができる。村人たちは黙っていたが、どの顔も不安そうだった。余所者が術師様を怒らせやしないかと、びくびくしているのだ。

ジリュウから数歩のところで足を止めると、ヤコウは尋ねた。

「術師様はさっき、二百年も前に銀盞を追われた、とおっしゃいました?」

またも得意げに笑って、ジリュウはふんぞり返って答える。

「ああ、言ったとも。私は一国を混乱に陥れ、二百年も放浪を続けている身なのだ」

「本当に、二百年も前ですか? 二百年も?」

彼は不機嫌そうに眉間にしわを寄せた。

「しつこいぞ。小僧、何が言いたいんだ」

ヤコウは大仰な仕草で腕を組むと、泥だらけの革長靴で立つ術師を見上げて言った。

「いえね、俺は行商人なのでいろんなところへ行くんですが、旅の途中で聞いたことがあるんですよ。術師というのは長く生きるがゆえに、時の流れの感じ方が普通の人間とは違うらしいってね。一年を十日くらいに感じるんだそうです。数十年なんてあっという間、気付けば百年過ぎていて、出そうとした手紙の相手がとっくに死んでた、なんてことはザラなんだと」

ヤコウは漆黒の瞳で下から睨みつける。

「それなのにあんた、二百年も、と言ったな？」

ジリュウの顔から笑みが消えた。とっさに反論できなかったらしい。頬が引きつり、視線は揺れ、口は少し開いたまま、言葉が出てこない。それが答えだった。

どういうことだ、と村人たちの中から声が上がった。

「見ての通りだよ」

「ていうことは、あれかい、兄ちゃん」と、中年の村人がヤコウの肩を掴む。朝の農作業中にそのまま広場へ来たらしく、その手には草刈り鎌が握られている。

「この術師様は」

「偽者。ただの詐欺師だよ」

ジリュウが青ざめるのとは対照的に、村人たちの顔はみるみるうちに真っ赤になった。男たちが一斉に、怒りの声とともにジリュウに襲い掛かる。その中には宿屋の主人もいた。目薬返せ、と声がする。

もうもうと立ち上る土埃の中から抜け出すと、ヤコウは宿屋へと向かった。あとは村人に任せて、こちらは旅立ちの支度だ。背中に哀れな偽術師の悲鳴が聞こえ、ちらと見ると、黒の袖なし外套はずたずたに破られていた。

「神さえも罰せないんじゃなかったのかね」と、呟いてヤコウは階段を上がる。

軽い行李を背負ってもう一度外へ出たときには、すでにジリュウの姿はなかった。代わりに待ち構えていた村人たちが、彼から取り返した貢物をもらってほしいと差し出してくる。

「いや、勘弁してください。もらえませんって」

これで受け取ってしまえば、方法は違えど、結果は奴のしたことと同じになってしまう。そんなことはできない。

「でもそれじゃあ、私たちの気が済みません」

困り果てるヤコウの目の端に、先ほどの少女の姿が映った。彼女は人形のほかに、一輪の白い花を持っていた。両手でぎゅっと握りしめている。ヤコウが視線を合わせてしゃがみ込むと駆け寄ってきて、彼女はその花を、どうぞ、と言って差し出した。

それは蛍火草(ほたるびそう)という、光るように真っ白で、相手の幸せを願うときに贈る花だった。夏の初めに咲く花だ。いくら山深い霞涼村でも、きっとこれが今年最後の花だろう。

「いいの？　ありがとう」

受け取って礼を言うと、少女ははにかんだように言った。

「またきてくれる？」

思わず頰が緩む。

「もちろん。必ず来るよ」

これが何よりのお礼ですからと、まだ追い縋る村人たちを制して、ヤコウは足早に村をあとにした。

夏山の青く香る風を全身に受けて、ヤコウは棚田の間の道を下る。風が吹き飛ばしてくれたのか、偽術師のことはそれきり、頭になかった。

人の住むこの世界、円了(エンリョウ)には、大小いくつかの大陸といくつかの海、数多くの島々と、数えきれないほどの山と岬と湖とがあり、川は網目のように細かく大地を縫っている。国の数は二十余り。ほとんどの国が、広大な自然を持て余しながら、平地を見つけては町をつくり、人々はそこで慎(つつ)ましく暮らしている。

世界は広いと言う人もいれば、そうではないと言う人もいて、ヤコウにはどちらなのかよくわからないが、とりあえず、自分の歩幅では一生かけても歩ききれないことはわかっている。いや、きっと歩幅なんて関係ないのだろう。大股(おおまた)で歩いても、たとえ走ったとしても、寿命が先に尽きてしまう。人の肉体には限界というものがある。

鈴の形に似た大陸の、およそ半分を占める翠玲(スィレイ)国に入ったのは、十日前ほどのことだ。東の端の関所を通り、街道と脇道とを行きつ戻りつしながら、西へと向かってきた。翠玲は三月に一度訪れている。人々はおおらかで余所者への警戒心もあまりなく、商売はしやすいのだが、国土の広さと厳しい自然にはいつも手を焼いている。しっかりと計画を立てないと、無駄に日にちが過ぎてしまうことがあるのだ。

　ヤコウは背中の行李を下ろしてしゃがみ込むと、革長靴の紐を結び直した。これから先は道が険しくなる。後ろで編んだ黒髪を結ぶ紐には翡翠の玉がついていて、屈んだ拍子に前へ垂れてきた。ちゃらりと鳴って、青磁色の上衣にかかる。秋めいてきて肌寒いが、行李から外套を出そうか迷い、まだいいかとそのまま進むことにした。

　立ち上がり、黒い下衣の膝についた土を払う。灰色の土は、地質が変わってきた証拠だ。昨日までは街道脇に花も草木も生えていたのに、今ではそれらの代わりに、灰色の岩がごろごろと転がっている。乾いた土の、埃っぽい匂いがする。季節の変わる前に立ち寄った、霞涼村の緑が恋しい。

　この街道をまっすぐ進めば、じきに難所の岩山に突き当たるだろう。次の目的地は、それを越えた先にある、西礼という町だ。

　見渡す限り人影はなく、乾いた地面を踏む自分の靴音が、馬車の走る音ほど大きく聞こえた。灰色の岩は砕けて、やがて色はそのままに砂へと変わる。砂は風に舞い、石畳で舗装された道の上に溜まって、ときどき足を滑らせる。歩きにくい上に、この先の岩山が難所だとわかっているから、時間はかかっても、南に新しくできた、岩山を大きく迂回する平坦な道を行く人の方が多い。今では、この古い街道を使っているのは足に自信のある者か、時を惜しむ者だけだろう。西礼の町へ行くのに、この道が一番早いのは確かだ。

行商人にとっては、商売相手のいない場所に留まる時間は少しでも短い方がいい。背負った大きな行李の中は、前の町で仕入れてきた品物でずっしりと重い。

行李の側面には、竹で作られた水筒と、畳むと小さくなる望遠鏡とを括り付けている。腰の後ろには短刀が二本。これは野営のときや護身用としても、持っていると何かと便利だ。

行きも一人、帰りも一人。自分の身はいつでも自分で守らなければいけないが、ヤコウにとって、それは気楽なことでもあった。他人を気遣わなくてもいい。それは行商を仕事に選んだ理由の一つだ。

風に砂が巻き上げられ、ヤコウは反射的に目を瞑る。西の岩山から下りてきた、冷たく乾いた風が、ぴしぴしと顔に砂を打ち付ける。それに紛れて、風は誰かの声も届けた。風が止んでも耳に残るうねりの音は、微かだが確かに人の声だ。目を開け、頭を振ると、灰色の砂がぱらぱらと落ちた。

声が聞こえてきたのは前方からだが、人の姿は見えなかった。野盗でなければいいのだが。ヤコウは腰の短刀に手をやり、いつでも抜けることを確認すると、頭を低くし、街道脇の岩に身を隠しながら、足を摺るようにして少しずつ進んだ。そのうちに、また声が聞こえた。

「売るのはかまいませんよ、旦那。あたしゃ商売人ですからな」

ややしわがれた、中年らしき男の声がする。今度は言葉もはっきりと聞き取れる。ヤコウは身を屈め、音を立てぬように気を配りながら、街道を取り囲むように位置する岩の裏へと回る。背後からそっと覗くと、色褪せた旅装の男の背には、ヤコウと同じく、大きな行李があった。

「しかし、この辺りには店の一つもない。売るとなると、当然、値は高くなりますよ」

「かまいません。いくらでも」

応えたのは、水晶のような響きの声だった。透き通っていて、熱を感じない。けれど冷たくはない、不思議な声だ。行商の男と向かい合う相手を見て、ヤコウは目を見開いた。

声の主は青年だった。二十代半ばといったところか。顎のあたりで切り揃えられた髪は雪のように真っ白で、瞳は宝玉に似た緑色をしていた。黒い髪と黒い瞳が多数を占める円了では、どちらもめずらしい。顔立ちは端正で、ヤコウは思わず息を呑む。まるで人形のようだ。

しばし顔を眺めたあとで、岩から身を乗り出して彼の服装を見たヤコウは、声を上げそうになった。

青年は、真っ黒な袖のない外套で、全身をすっぽりと覆っていたのだ。裾は地面を擦るか擦らないかのぎりぎりの長さだ。

ヤコウは一旦、岩陰に顔を引っ込めると、腕を組んだ。脳裏にはこの夏の出来事が浮かんでいた。ジリュウという名の偽術師の、胡散臭い笑みを思い出して顔をしかめる。

また術師を騙る詐欺師だろうか。

だが、なにもこんな人気のない場所にいるときから、術師の格好をしている必要はない。行商の男一人を騙すにしても、だ。それだけではない。ヤコウはもう一度、そっと青年の顔を窺う。微笑みを浮かべて行商の男と話す青年は、顔つきも身に纏う雰囲気も、どこか品があった。

よく見ると、青年の外套には光沢があり、見た目にも上質で柔らかいことがわかる。おそらく絹だろう。彼が少し体を傾けるだけでも、光を捉えて艶やかに揺れる。広げれば円形になると思われるほどたっぷりと生地を使い、引きずりそうな長さにも拘らず、軽さのために埃も立たない。そして外套全体には、銀と青の糸で刺繍が施されていた。見たことのない紋様で、それが何を表しているのかもわからないが、青い糸で縫い取られているのは、水仙の花のように見えた。

外套の袷から時折覗く着物も、質の良さそうな淡い水色の生地だ。こちらも裾が長く、足元は沓の先だけ見えている。

ヤコウは内心、首を傾げる。丈の長い着物は、身分の高い人が身に着けるものだ。沓も、ヤコウの履いているような革長靴とはまるで違う。きれいに磨かれた宮殿の中を歩くためだけに履くような沓だ。

円了全体で見れば、めずらしい容姿や独自の文化を持つ少数民族はあちこちに存在している。翠玲にも、最北の地には青い目をした人々が暮らすと聞く。他国のそうした民族の高貴な人だろうか。そう考えれば容貌と服装には合点がいく。だが、それならば供の者を連れているのが自然ではないだろうか。一人でいるのは不思議だ。それに、青年の沓や着物や、外套の裾が、少しも汚れていないのはどういうわけだろう。

ヤコウがあれこれと考えを巡らせている間にも、向かい合う二人の話は進んでいく。

「しかしねぇ、旦那」と、行商の男はため息交じりに言った。彼は異様な容貌の青年を警戒するように、また品定めするようにじろじろと眺める。

「あたしも西礼から歩いてきたもんでね。饅頭はもうこれしか持ってないんですよ」

男は行李に下げた巾着から、笹の葉にくるまれた食べかけの饅頭を取り出した。数日前に買ったものだというそれは、見事に綿のような黴に覆われていた。あれでは売り物どころか、鼠の餌にもならない。どうして捨てなかったのか不思議なくらいだ。だが、白い髪の青年は目を輝かせた。

「ああ、それを売っていただけるのですか」

青年は饅頭を見つめ、端正な顔をだらしなく歪めて笑った。ヤコウは面食らう。

「あなたが持っているのはわかっていたんです」

妖しく光る緑色の目に、背筋がぞくりとする。なんだ、あの目は。まるで作り物のように光った。それに、わかっていたとはどういうことだろう。他人の巾着の中に饅頭があることを、どうやって知ったというのだ。

「お代は、これで足りるでしょうか」

青年は彼の手のひらに、小さな何かを置いた。ヤコウは行李の横に括り付けた望遠鏡を取って引き伸ばし、覗き込むと、男の手のひらに焦点を合わせる。紅玉の原石だ。曇りも濁りも不純物もない。上玉の原石だ。こんなものを持ち歩いているとは、やはり高貴な身分の人だろうか。その紅玉を黴の生えた饅頭と交換しようとは、価値のわからない世間知らずなのか、それとも、よほど腹が減っているのか。

「ああ、十分ですよ」

答える行商の男の、声が変わった。男も石が本物だと気付いているのだ。声だけでにやついているのがわかる。青年が何者だろうとどうでもいい。紅玉さえ手に入ればそれでいい。短い返答の中に、そんな言葉が含まれているようだった。

冗談ではない。なにが十分だ。あの大きさの紅玉なら、二頭立ての馬車が馬ごと買える。客がその値で構わないというなら成立するのが商売だが、いくらなんでも黴だらけの、食べかけの饅頭でそれはないだろう。相手が腹を空かせているのなら、余計に許されないことだ。

ああ、でも、とヤコウは頭を抱える。また面倒なことになりそうだ。数秒悩み、それでも、結論はジリュウのときと同じところへ行き着く。

後になって悔やむようなことはしたくない。もう二度と会うことのない人かもしれないなら、尚更だ。

ため息をひとつ吐き、ヤコウが岩陰から立ち上がろうとしたときだった。

おやめください。

声が聞こえた。白髪の青年とも、行商の男とも違う、男とも女ともつかぬ、穏やかだが芯の強い声だ。ヤコウは辺りを見回すが、二人のほかには誰もいない。

おやめください。その者には不相応です。

もう一度響いた声は、青年の方から聞こえたような気がした。彼は何か小さく口を動かしているが、ヤコウの耳までは届かない。

「ではこちら、いただきますね、旦那」

行商の男が紅玉を載(の)せた手を握ろうとしたとき、我慢できずにヤコウは岩陰から飛び出した。

「おい、お前！」

二人の視線がヤコウに向く。その隙(すき)に、ヤコウは素早く行商の男の手から紅玉を奪い取った。

「あっ、何するんだてめぇ！」

「それはこっちの台詞(せりふ)だおっさん！」

激昂(げっこう)する男に、ヤコウも負けじと張り合う。

「こんな何にもないところで、腹を減らした人相手にあくどい商売やりやがって！」

「あちらの旦那がいいって言ってんだからいいだろうが！　口を挟むなガキが！　ありがたくもらっときゃいいんだ！」

「ふざけんな！　あんたみたいな客の弱みに付け込むやつがいると、商売がやりづらくなるんだよ！」

それから、ヤコウはぽかんとしている白い髪の青年に向かって言う。

「なあ、そっちのあんた、どこの誰だか知らないけど、腹が減ってるなら俺の持ってる食料をやるよ！　仕入れてきたばっかりで、食い物ならいろいろあるんだ」

行商の男は、顔を真っ赤にして叫ぶ。

「あ、小僧てめぇ、さては俺の獲物を横取りしようとしてやがるな！　その紅玉は俺のもんだ！　渡さねぇぞ！」

男ははっとして口を押さえたが、声は周囲の岩に反響して、一際(ひときわ)大きく響いた。

「口が滑ったな」

ヤコウはそれ見たことかと眉を跳ね上げ、青年は困ったような笑みを浮かべる。

「いや、違うんですよ、旦那。獲物だなんてね、そんな」

慌てて青年に弁解する男に、ヤコウが言う。

「本性が出たな」

「うるせぇ！　お前が余計なことを言うから」

ヤコウに摑みかかろうと一歩踏み出した男の顔が、みるみるうちに青ざめた。視線を落とす男につられてヤコウも見ると、いつの間に落としたのか、男の足の下には、べちゃべちゃに潰(つぶ)れた、綿のような黴にまみれた饅頭があった。

「ああ……」

ため息とともに漏れた声は、白髪の青年のものだった。足の下に饅頭を置いたまま、行商の男は彼を見る。しかし青年は、残念そうに目を閉じて首を横に振った。獲物を逃した男の目は、次にヤコウに向けられる。

「てめぇ！」

その目はすでに涙目だった。ヤコウは怯まない。

「自業自得だろ！　欲をかくからだ！　ほら、さっさと行けよ、おっさん」

しっしっと手を振ると、男は悔しそうに歯を食いしばりながら、今しがたヤコウが来た道を逃げるように去っていった。

「ったく。どこにでもいるな、ずるい奴ってのは」

男が離れたことを確認し、ヤコウは紅玉の原石を返そうと振り向く。だが、そこに青年の姿はなかった。

「あれ？」

ぐるりと見回すと、彼はいつの間にか、ヤコウの背後にしゃがみ込み、踏まれて潰れた饅頭をじっと見つめていた。白い髪が頬にかかっている。

「あの、お兄さん、饅頭なら俺のがあります。ほかにも燻製肉に、干した果物と魚も。水もありますよ」

竹の水筒を振ると、ちゃぷんと音がした。しかし彼は、靴跡も無残な饅頭を見つめ、蚊の鳴くような細い声で言った。

「僕は、この饅頭がよかったのです。黴の生えた」

「は？」

ヤコウは思わず間抜けな声を出す。

「ほんの少しでしたけれど、あれだけでも小麦の生命力と黴の生きた生命力、どちらも体内に取り入れることができる。味もなかなかよいものです。最初は吐き気をもよおしますが、徐々に味わい深くなって癖になる」

「はあ」

呆気(あっけ)にとられ、ヤコウは口を半分開けたまま相槌(あいづち)を打った。

「この辺りは乾燥した気候ですから、黴が生えることはめったにありません。なのにこれは」

彼はことさら名残(なごり)惜しそうに声に力を込める。

「質の良い黴でした。こう、ふわっとして、厚い綿のようになっていて、見つけたときから食べるのを楽しみにしていたのですが」

黒い外套に包まれた両肩を下げると、銀糸の刺繍がきらりと光った。丸くなった背中は心底がっかりしている様子で、ヤコウは申し訳ないような怖いような、おかしな気持ちになってきた。まさか本当に、黴の生えた饅頭を食べたかったとは。

高貴な身分の人には変わった嗜好の持ち主も多いと聞くが、この人もそうなのだろうか。趣味嗜好で黴を口にするものなのか？　生命力を取り入れる？　何のことだ？

とりあえずわかるのは、自分のしたことは本当に余計なことだったらしい、ということだけだ。

「えっと、それは、すみませんでした」

紅玉の原石を差し出すと、彼は力なく受け取った。

「はい」

しかし口調には遠慮がない。

「えっと、黴びた饅頭の代わりにはならないかもしれませんが、とりあえず俺の持ってるもの、何か食べますか」

青年はヤコウを頭のてっぺんから足の先までじろじろと見たが、目に期待の色はなかった。

「あれよりもおいしいものが、何かあるんですか」

ふてくされたように言う。

「ええと、そうですね」

「干した果物とか魚とか、そういうものは好きではないんです。僕はおいしいものが食べたかったんです」

青年の言葉遣いは丁寧だが、大人を相手にしている気がしない。まるで拗ねた子供だ。だんだんおかしくなってきて、ヤコウは口がむずむずとして笑いそうになるのをどうにか堪える。

「いや、その、黴の生えたものは何もないですけど、でも」

そう言ったところで青年の腹がぐうと鳴り、堪えきれなくなったヤコウは盛大に噴き出した。青年は恥ずかしそうに顔を赤らめ、目を逸らしていた。

「すみませんでした」

ヤコウが道端に焚き火を熾して魚の干物を焼いていると、弓型の眉の端を下げ、青年が言った。これで五度目だ。先ほどは黴の生えた饅頭への執着に圧倒されたが、落ち着いたと見えて、そのあとは拗ねることもなくなった。

「もういいですって。俺もその、余計なことをしたみたいだし」

「いえ、そんなことはありません。あなたは親切で彼を追い払ってくださったのに、僕ときたら、あんな口の利き方をして、お恥ずかしい限りです」

ヤコウは苦笑して、串に刺した干物を裏返す。売り物ではなく、前の町で岩山越えの食料にと手に入れたものだ。

「そうだ、俺の名前はヤコウといいます」

ヤコウ、となぞるように青年が呟くと、白い髪が微かに揺れた。日差しが当たるときらきらと光る髪は、本当に雪のようだ。

「歳はいくつですか」と、彼が尋ねる。

「十八です」

「その歳で、一人で行商を……ずいぶんとしっかりしている」

心底感心したように言われ、ヤコウは照れくさくなる。

「そんなことないですよ。俺くらいの歳で働いてる人はたくさんいます」

「商売というものは楽しいですか？」

「ええ、まあ。大変なこともありますけど、楽しいことも多いですよ」

どういう暮らしをしている人なのだろう。そう思いつつ、焼けた魚と、まだ新しい、黄色くてふわふわとした饅頭を彼に差し出す。中身は山菜の佃煮だ。

「どうぞ。黴びた饅頭ほどではないかもしれませんが」

両手で受け取り、彼は串に刺さった魚をまじまじと見つめる。夏の棚田のように鮮やかな緑色の瞳に、ありふれた魚を映す。

「クロメですよ。活きのいいやつは目が真っ黒だから、クロメ」

魚の名も知らないようだ。この辺りの人間ではないのは確かだろう。青年はじっとこちらを見たあと、ようやく魚を口に運んだ。小さく一口食べて、おいしいと頷くと、二口目は大きくかぶりついた。饅頭も悪くはなさそうだ。この分なら、行李の底の干し杏は出さなくていいか、とヤコウは思う。干し杏はヤコウの大好物なのだ。できればとっておきたい。ヤコウも手近な岩に腰掛けて魚を頬張る。産卵期のクロメは脂がのっており、塩気もあっておいしい。

「それで、あなたは?」

そう質問すると、夢中で食べていた彼は、また恥ずかしそうに縮こまった。

「すみません」

「いえいえ」と、ヤコウは笑う。どちらが年上かわからない。

「僕はソウシ……ソウシ、といいます」

「ソウシさんですね。ええと、正字は……?」

正字とは、意味を持つ特別な文字のことだ。国名や地名のほかには、王族などの高貴な者だけが、正字で名を表すことを許されている。庶民の名前には、意味を持たない略字が使われるのが一般的だ。ヤコウの名も略字しかない。

ソウシは首を横に振る。

「そうでしたか。俺はてっきり、どこかの民族の高貴な人なのかと。王子様とか」

安堵の笑いが漏れる。もしそうだったらどうしようと思っていた。

「ああ、こういうなりをした人は、あまりいませんからね」と、青年は自分の服装を見下ろす。

「ええ、驚きました。この国の方ですか？」

いいえ、と彼は首を振る。

「遠いところから来ました」

はっきりと地名を言わないということは、あまり訊かれたくないのかもしれない。ヤコウはそれ以上尋ねなかった。

「そうですか」

「見た目は少し変わってはいますが、王族でも貴族でもありませんし、礼儀作法は気にしないで……そうだ、ソウシと呼んでください。その方があなたも楽でしょう、ヤコウ」

ソウシはにこりと笑った。変わっているのは少しではないと思うが、悪い人ではなさそうだ。

「それじゃあ、お言葉に甘えて。堅苦しいのは苦手なんです」

へへ、と笑って、ヤコウは岩の上に片膝を立てる。

それからは、魚と饅頭とを頬張りながら、行商とはどんな仕事かとか、何年くらいこの仕事をしているのかとか、どこから来てどこへ行くのかとか、一通りのことを訊かれた。行商を始めたのが十三歳の頃だと言うと、彼はまた驚いて、立派だとしきりに褒(ほ)めた。あまりにソウシが持ち上げるので、ヤコウは照れ隠しに話題を変える。

「そういえば、さっき、声が聞こえませんでした?」

「声?」

「ええ、ソウシ……でも、あのおっさんでもない、きれいな声が。たしか、おやめください、とかなんとか」

そう言うと、ソウシの瞳がまた光った気がした。本当に宝玉のような目だ。

「ほかに誰もいませんでしたよね?」

不思議なのはそれだけではない。灰色の岩石地帯に入ってからの、あの街道は一本道だ。

「あのおっさんとは、あの場所で会ったんですか?」

ヤコウは質問を重ねる。

「ええ。ちょうど向こうからやってきたのです」

ということは、ソウシもヤコウと同じ、東から来たことになる。ソウシはヤコウのずっと前を歩いていたのだろうか。歩くのはあまり速くなさそうだし、灰色の景色の中で黒の外套は目立つはずだが、なぜ気付かなかったのだろう。

饅頭と魚とを食べ終えたソウシが、串を焚き火に放り込む。ほんの少しだけ火の勢いが増し、すぐに収まるのを見届けてから、彼は口を開いた。

「先ほどの話ですがね」

何のことかとヤコウは目を瞬く。

「君は僕のことを王子様ではないかと言いましたが、真逆なんです」

彼が急に話を戻したことを不思議に思いつつ、ヤコウは尋ねた。

「真逆というと？」

ソウシは変わらぬ笑みを浮かべたまま言う。

「術師、なので」

ん？

食べかけの魚の身が、ヤコウの口からぽろりと落ちた。

今、なんと言った？

灰色の静かな街道に、焚き火の爆ぜる、ぱちぱちという音だけが聞こえる。

「この魚、おいしかったです」

彼が言った。

「それは、どうも」

ヤコウはゆっくりと答えるが、頭の中は真っ白なままだった。

「僕は、干した魚や焼いた魚は好きではないのです。栄養はあるのかもしれませんが、生命力が乾いて消えて、ただの物になってしまっているから。でもこの魚には、まだ生命力が残っている。そういうものはおいしいですよ。力が出る」

生命力。そうだ、さっきも黴の生命力がどうとか。

「術師の食事に味や栄養は関係ありません。我々が食すのは、生命力だからです」

こちらの疑問を見透かすように、ソウシが答えた。

「術師」

渇いた口で、おそるおそる呟く。

「ええ。緑禅、おいで」

「はい」

返事は何もないところから聞こえた。その声が、先ほど行商の男がいたときに聞いた声だと気付くのに、ヤコウは少し時間がかかった。男とも女ともつかない、穏やかな声だ。

ソウシのすぐ隣で、空気が蜃気楼（しんきろう）のようにぐにゃりと歪んだ。かと思うと、一瞬後には、その場所に、緑と黒の交じった毛色の、見たこともない獣がいた。四足で、大きさは驢馬（ろば）と同じくらい。全身を長い毛に覆われ、耳は兎（うさぎ）のように長い。尾は馬に、顔は犬に似ているが、黒曜石のような目の持つまなざしは人間のそれだった。額の真ん中には、鈍（にぶ）い金色をした角が一本、まっすぐに生えている。

ヤコウは目を見開いたまま、座っていた岩から滑り落ちた。腰が抜けたのだ。

「彼は緑禅。ヤコウ、君が聞いたのは彼の声です。彼と言っても、精霊に性別はないのですが」

平然と言うソウシに、ヤコウは喉の奥から声を絞り出す。

「精霊って」

当たり前だが見たことはないし、精霊などというものは実在しないと思っていた。

「樫（かし）の木の精です。僕の友人と思ってください」

「友人とは光栄ですね、ソウシ」

ヤコウは呆然と、目の前の術師と、彼に応える精霊とを目に映していた。それが精いっぱいだった。頭で整理することも、状況を飲み込むこともできない。

術師と、精霊だと。

そんなヤコウを尻目に、ソウシはなぜかうれしそうに微笑んでいた。

「術師でもないのに精霊の声を聞ける人なんて、初めて会いました。僕は世界中いろいろなところへ行きましたけど、本当に初めてです。今だって、緑禅の姿は誰にでも見えているわけではありません。見えるのはほんの一握りの人だけです。ヤコウには、術師の才能があるのかもしれない」

「術師の才能」

そんな才能はいらないのだが。どうやら、大変な人と関わってしまったらしい。

……人？

ヤコウははたと気付く。

人として生まれ、人でなくなったもの。

人より遥かに長く生き、しかし、肉体は歳を取らない。

ソウシから感じる浮世離れした印象や、人形のようにも見える顔も、そのせいなのだろうか。彼は、人ではないのだろうか。黴の生えた饅頭に目を輝かせる姿を思い出すと、背筋に冷たいものが走った。

ソウシと緑禅は何やら話し合い、結論が出たらしく頷き合っていた。

「たまには、こういうのもいいでしょう」

「ソウシも物好きですね。まあ、彼なら適任かと思いますが」

緑禅の言葉に頷いて、ソウシはヤコウに向き直る。

「ヤコウ」

「は、はい」

思わず姿勢を正す。

「君は、西礼へ向かうと言っていましたね」

ヤコウはこくりと頷く。

「僕たちもです」

ソウシは立ち上がり、西へと伸びる街道に目をやった。この先は少しずつ上り坂になり、石畳の舗装がなくなると、切り立った岩山の入り口となる。岩山を越えなければ西礼へは辿(たど)り着けず、道は険しくなる一方だ。

「ソウシも西礼へ?」と、おそるおそる尋ねる。

「ええ。というより、僕たちは西を目指していましてね。その途中であの、山の上の方に少し用がありまして」

西に霞んで見える岩山を、彼は白い指で差す。

「あなたの向かっている町も通ることになるでしょう。そこで、あなたに頼みがあります」

「頼み？」

「すみませんが、少しの間、僕の世話を焼いてくれませんか？」

思わぬ申し出だった。ソウシはヤコウのもとまで来ると、地面に尻もちをついたままのヤコウと視線を合わせるように膝を折る。その動作は、優雅ですらあった。

「ヤコウ、君は人が好く正義感があり、そしてとても賢い人です。一人で行商をして生計を立て、世の中のことも、僕よりずっとよく知っている。若いのに。感服しました」

そう言って、ソウシはヤコウの手を取り、手のひらに紅玉の原石を載せた。

「え、これ、さっきの」

「この見た目では、何かと不便なのです。人の集まるところは特に。それに、僕にはできることが少なくて、自分で自分の食べ物を手に入れることさえままならない。それで先ほどのあの有様です」

「はあ」

「どうかその紅玉で足りるまで、この先の案内や、身の回りの世話をしてください。それだけでは足りないと思ったら、さらに宝石を要求してもいいし、僕たちと別れてもかまいません」

ヤコウは手のひらの紅玉に目を落とした。あらためて見ると、馬車と馬どころか、御者まで雇えるほどの良い品だ。あまりのことに、紅玉を載せた手のひらが汗をかき始めた。

「緑禅には食事も寝床も必要ありませんので、あくまで僕の世話だけです。悪い話ではないと思うのですが」

ソウシの言うことに緑禅は頷いていたが、彼のヤコウを見る目はどこか冷たく、居心地が悪かった。対照的に、ソウシは柔らかく笑って言う。

「僕が雇う形になるとはいえ、あなたは今のまま、自由にしてもらってかまいません。生命力のある食べ物も、できる限り、自分で集めるよう努めます」

戸惑うヤコウの顔を見て、緑禅がくすりと笑った。ヤコウはその顔にぞくりとする。緑禅は人間のように、口の端を上げて笑ったのだ。ソウシはヤコウの返事がなくても喋り続けている。

「行李の中の売り物や、干した杏にも手を出しませんから。安心してください」

ぎょっとして息を呑むと、ソウシと緑禅は揃って笑みを浮かべた。

「ね？　いい話だと思いませんか？」

ヤコウは悟る。彼が正体を明かしたそのときから、ヤコウに断る選択肢などなかったのだと。

ソウシは自分のことを一切語らなかった。そのためヤコウは余計に彼のことが気になった。とはいえ、おとぎ話では悪役として描かれる術師だ。どこから尋ねたらいいものか、何か余計なことを訊いて彼の機嫌を損ねはしないかと躊躇(ためら)っていたのだが、道中を共にするうちに、術師というものが徐々にわかってきた。

「この先、足場が悪くなるから気を付けてください」

先を歩くヤコウが振り返って言うと、彼は頷くだけで、外套や着物の裾を持ち上げることも、慎重に足を運ぶこともしないのに、割れてがたがたになった石畳の道に一度も足を取られなかった。砂が溜まった滑りやすい斜面でも同じだ。彼がその場所に足を踏み入れると、途端に砂は固くなり、滑ることも、風に舞い上がることもなくなった。着物も外套も、初めて会ったときと同じで、一向に汚れることがない。

それはソウシ自身が何かしているというよりも、岩や砂の方が彼を避けているという感じだった。自然が術師を恐れている。そう見えるのだ。試しに一度、ソウシの後ろを歩いてみたのだが、ヤコウの足の下では当たり前のように、割れた石畳は意地悪に、砂は狡猾(こうかつ)

に戻ってヤコウの足を引っかけ、革長靴を汚した。

緑禅はほとんどの時間、姿を消していたが、時折、声だけ聞こえることがあった。それはいつもソウシの傍からで、彼には姿も見えているようだった。緑禅がいると思われる方へ、ソウシは必ず視線を向けて話す。ヤコウが緑禅の姿を見ることができるのは、彼自身が姿を見せようとしてくれるときだけだった。緑禅はヤコウに対してまだ気を許していないのか、それとも、姿も見せたくないと見下しているのか。どちらかといえば後者のような気がした。精霊に性別はないそうだが、ヤコウから見ると、緑禅は気位（きぐらい）の高い少年のようだった。

出会った日の晩は、街道沿いで野営をすることになった。その辺りには岩だけでなく、塀や壁の残骸のような瓦礫（がれき）が多くあった。風に晒（さら）され、砂に削られてはいるが、人の造ったもののようだ。百年以上前、翠玲国は戦をしていた。その頃の遺産だろうか。

今は見る影もないが、この辺りにも、昔は草木が生えていたのだろう。風化しかけの枯れ枝や、どこからか飛んできたぱさぱさの枯れ草を集め、ヤコウは火打ち石で火を熾す。寝ずの番をすると伝えると、ソウシは言った。

「君もゆっくり休んでください。大丈夫ですよ。火は消えませんから」

半日一緒に過ごしただけでわかる。彼がそう言うからには、その通りになるのだ。

ソウシの言葉に、ヤコウは甘えることにした。気を遣うことが増えた分、普段より疲れているのは確かだ。

ヤコウは微かな風を読み取り、風上の瓦礫を背にすると、行李から引っ張り出した赤茶色の外套を敷いた。ソウシは焚き火を挟んでヤコウの向かい側にいる。そちらは風を正面から受けてしまいそうなのだが、砂も、風さえも彼を避けるから、問題はないのだろう。風には、彼の外套を揺らすことさえ難しい。彼は座ったまま灰色の壁に背を預け、目を閉じていた。ヤコウも外套にくるまって横になる。誰かと同じ空間で眠るのは久しぶりだった。

ヤコウは寝付きが悪い。横になり、目を閉じたあとで、ぐるぐると考え事をしてしまう癖がある。今夜もそうだった。

初めは、ソウシのことや術師のことを考えていた。術師は人よりずっと長生きだと聞いたが、ソウシは何歳なのだろうか。術師もいつかは死ぬのだろうか。それなら、病気になったりもするのだろうか。

だんだんと、答えの出ない問いを考えていても仕方ないような気がしてきて、代わりに、ヤコウは昔読んだ絵本の物語を思い出す。

遠い遠い西の国で、術師に呪われ、二百年の間眠り続けているというお姫様のことを。

術師なら誰でも、ソウシも、そんな恐ろしい術が使えるのだろうか。

そのうちに、疲労はいつもよりも早く瞼を重くし、ヤコウは世界から切り離されて眠りに落ちた。

気が付くと夜は明けていて、ヤコウは目覚めてすぐにソウシの姿を探した。彼は瓦礫の群れに背を向けて、昇りゆく太陽を眺めていた。金色に照らされて、ソウシの髪がきらきらと光っている。見ると、焚き火は昨夜のままだった。炎の勢いは衰えることもなく、一晩中薪もくべていないのに、火は本当に燃え続けていた。集めた枯れ枝や枯れ草もまったく減っていない。火は、何も燃やさずに燃えていた。

「ね、消えなかったでしょう？」

朝日の中で振り返ったソウシは、当たり前のように微笑んだ。

服は汚れず、足は躓かず、炎は燃やすものがなくても燃える。この分だと、病気になることもないのではないか。何なら、空を飛ぶこともできるかもしれない。

人ではないのだから。

それは恐ろしいことなのかもしれない。しかし、ヤコウはうれしかった。

「どうしたんです、笑って。いい夢でも見ましたか」

尋ねるソウシに、ヤコウは頷く。

「たぶん」

夢のようなことは、今、目の前で起こっている。

朝食の支度をする間、岩と岩との隙間を覗き込んで回っているソウシに、何をしているのかと尋ねると、彼は辺りを見回しながら答えた。

「いえ、僕も朝食になるものを探しているのですが」

それから、あ、と声を上げると、岩の隙間に手を突っ込み、親指大の、硬い殻を持つ黒い虫を引っ張り出した。六本の脚が、わさわさと動いている。

「いました」と、彼は、黴の生えた饅頭を見たときと同じように、若葉色の瞳をきらきらさせて、にんまりと笑う。

「それが、朝ごはん？」

ヤコウは頬を引きつらせ、ごくりと唾を飲み込む。

「ええ。生命力を補うには、やはり生きたものを食べるのが一番です。この辺りは動物も、鳥も魚もいませんからね。いれば、君に捕ってもらうことも考えたのですが」

ソウシは行李の脇に置かれた、ヤコウの短剣を指す。

「俺が？」

「できるでしょう？」

一瞬、ヤコウは答えに詰まる。

「兎なんかは皮を剝いてかじります。肉が桃色できれいなのです」

「生で、ですか」

「もちろんです」

まるで狼や虎のようだ。

「しかしまあ、いないものは仕方ないですし、僕も自分の食料はなるべく自分で用意すると言いましたから。となると、あとは虫です」

そう言うと、ソウシは自然に虫を口へと放り込んだ。ヤコウの背中から首筋へと、ぞわりとした感覚が這い上る。

「ああ、おいしい。やはり新鮮な生命力はいい」

硬いものを噛み砕く音と、何か液体の飛び出る音がして、ヤコウは思わず顔を逸らした。それが彼にとっての食事だとわかってはいても、朝から見たいものではない。わざと大きな音を立て、寝床代わりの外套の土を払う。

「ヤコウの朝食は何です？」

外套を畳み終わると同時に、ソウシが訊いた。

「ああ、俺は昨日の饅頭の残りと」と、うっかり顔を上げて後悔した。ソウシの口からは、虫の脚が一本、はみ出ていた。

難所の岩山へと差し掛かったのは、二日後のことだった。ヤコウ一人ならばもっと早かったのだが、歩調のゆっくりなソウシに合わせて歩いていたのと、この辺りを歩き慣れていない彼に、夜の山越えは厳しいだろうと判断したからだ。まあ、その気遣いが必要だったのかはわからないが、一人でも夜は危険なのだから、二人ならやめておいた方が無難だ。

前日は近くで野営をしたので、朝のうちに岩山を登り始めることができた。これなら、夕方には西礼へ辿り着けるだろう。それまでの道もすでに上り坂が続いていたが、この先は崖に沿った細い道を進むことになる。右側は崖、左側は深い谷だ。谷を挟んで向こう側にも、切り立った灰色の山が連なっている。

「すごいところだ」と、ソウシが呟いた。山々の間を通り抜ける風は、ひゅうひゅうと鳴っている。

「いつの間にかこんなに登っていたのですね」

右手を崖の岩肌に添え、彼は少し歩くたびに足を止め、景色に見入る。

「ええ、気を付けてください」

とは言ったものの、本当に気を付けなければならないのはヤコウだけだろう。谷へ落ちたくらいでは、術師の彼はなんともないような気がする。足元から小石が、吸い込まれるように谷へと落ちて、ヤコウは身震いした。

「ここを大荷物を背負って行くのは大変でしょう」

「それは、まあ。もう慣れましたけどね」と、ヤコウは足元に注意を向けたまま答える。

崖に沿って右へ左へとうねりながら上る道は、一瞬たりとも油断できない。

「昔は、驢馬を連れて行く人もいましたよ」

「昔といっても、そんなに昔じゃないのでは？　四年か五年のことでしょう？」

たしかに、とヤコウは苦笑する。相手は長命な術師だった。

「一番困るのは、向こうから人が来たときなんです。すれ違うにも、少しでも道幅の広いところを見つけて、そこまで進むか戻るかしないとならない」

「なるほど」

細い道は、尾根まで行き着くと下りの道になる。そこまで進めば、肉体的にも、精神的にもかなり楽になる。下りの道から見える西側の景色は緑に溢れていて、ヤコウはいつも、楽園に辿り着いたかのような気持ちになるのだ。

「さあ、あと少しですよ」

前を向いたまま、ソウシを励ますように言ったときだった。

「ヤコウ、あれはなんです？」

ソウシが、谷を挟んだ向かいの岩山を指した。灰色の垂直な岩肌には、同じく灰色の杉の木が、岩に体を半分埋めて、彫刻のようにそびえている。一見すると、岩肌に直接彫られているのかと思うのだが、そうではない。

「あれは大樹の化石ですよ。本物の木なんです」

それも樹齢数百年という大木だ。

「大樹の化石？」

「ええ。そう呼ばれています」

足を止めたソウシにならうように、ヤコウも進むのをやめた。谷底からの風が、甲高く鳴いている。

「あの杉は、この岩山に一本だけ生えていた木なんです。いわゆる、一本杉。それが二、三十年前のひどい嵐のときに、根元から折れて飛ばされて、たまたまあの岩山のひびの入っていたところにめり込んで、そのまま枯れたんだそうです。一時はあれ見たさにここまで登ってくる人もいたそうで」

説明の途中で、ソウシが突然こちらへ向かって進んできた。反射的に岩肌に身を寄せるヤコウを、ソウシは追い抜いていく。

「ちょ、危ない！」

しかし彼の左側にはいつの間にか緑禅がいて、その背に手を置いて支えにし、ソウシは勢いよく道を登っていった。緑禅は谷の上、何もない宙を駆けている。目を瞠(みは)るヤコウの顔の前を、翻った黒絹の外套がかすめていった。

「ソウシ！　待って！」

慌てて追うと、彼らは向かいの崖と一番近付くところで、谷の方を向いて立っていた。

「この山の上の方に用があると言ったのを、覚えていますか？」

問いはヤコウに向けたものだったが、彼はこちらを見てはいなかった。

「あ、ああ、そういえば」

出会ってすぐのときに、そう言っていた。

「僕が、用があったのは、この木だったようです」

おかしな言い方に、ヤコウは微かに眉をひそめる。ソウシと緑禅は、じっと対岸の大樹の化石を見つめていた。

「樹齢は四百年といったところでしょうか。なかなかに壮絶な最期(さいご)だったようです」

風が吹くと、風化して灰色になった木の表面は、砂になってぱらぱらと落ちた。緑禅がふわりと飛び上がり、そのまま宙を歩いて対岸の崖へ向かうと、大樹の化石に顔をこすりつけた。心なしか悲しげな仕草だ。

「長く生きた木には精霊が宿りますが、木が死んでしまえば、精霊もまた、消える定めなのです。あの木にも、きっと精霊がいたのでしょうけど」

ソウシが言った。緑禅は、仲間の死を悼んでいるのだ。

「じゃあ、緑禅も？」

ええ、と彼は頷く。

「緑禅の生まれた樫の木も、この世界のある場所にあります。その木が枯れさえしなければ、緑禅の命は永遠に続きます。しかし木の命が尽きれば……」

ソウシはその先を言葉にしなかった。しばらくして戻ってきた緑禅は、ソウシと目を合わせ、何事か頷き合った。

「あるようですね」

何のことかと尋ねる前に、ソウシは一瞬だけこちらを見ると、岩と同化した対岸の大樹に手を翳した。呪文を唱えるでもなく、翳した手を揺らし、木全体に視線を走らせている。すると、木が光を灯したようにきらめき始めた。丸くほのかな、しかしそれぞれ色の違う光が、枝や幹のあちこちで、柔らかく光っている。まるで夏に蛍の集まる木のようだ。ヤコウは息を呑む。

「ソウシ、これは？」

「術師と一口に言っても、術師には、それぞれ得意とする術があります。かつて術師が大勢いた頃は、それぞれの得意な術を、名に冠していたようですね」

ソウシは大樹の化石をまっすぐに見つめて言う。

「それで言うなら、僕はさしずめ、想術師といったところでしょう」

「想術師？」

「言葉を持たぬ者や文字を持たない文明が、世界に残した記憶を読み解く。その術を得意とする術師です」

高い位置にある枝から、光が一つ、ふわりと、谷を渡ってソウシの手の中へと降りてきた。黄色と鉄色とが複雑に混ざり合った色の光だ。緑禅が覗き込むように体を寄せる。

「これは、この木に宿る記憶。しかし、木の記憶ではない」

光は鳥の形へと変わる。

「この木をねぐらにしていた、彼の記憶です」

光の鳥が翼を広げると、まばゆい光が辺りを照らし、ヤコウの視界もまた、光に染められて何も見えなくなった。

太陽の種
taiyo no tane

彼女が蒔(ま)いた種は芽吹かない。当たり前だ。彼女が大切な人からもらったというその花の種は、本来、湿り気のある豊かな土地に咲く植物だ。滅多(めった)に雨の降らない、この灰色の砂漠のような乾いた土地に、根を張ることはけしてない。

それでも、彼女は毎日水をやっている。涸(か)れかけた井戸から水を汲(く)み、小さな真鍮(しんちゅう)の如雨露(じょうろ)で、おもちゃみたいな雨を降らせる。

いっそ掘り返して食ってやろうか。

ナキはそんなことを考え始めた。毎日毎日繰り返される、手のひら大の雨と太陽とのいたちごっこに、少しうんざりしていたのだ。彼女は十二歳で、人に訊(き)いたり、本で調べたりすればすぐわかることを、近頃は自分で考えて判断するようになっていた。それが大人らしいことだと思ったようだ。けれどそのために、正しい答えから離れてしまうことも多かった。

「ねぇ、それ、もうやめたら？」

そこだけ少し盛り上がった地面にしゃがみ込み、いつものように小さな雨を降らせる彼女に、ナキは言った。

「もうわかってるんでしょ？」

しかしナキよりずっと若い彼女は、こちらを見上げて微笑んだ。

「あなたもお祈りしてね。そうしたら、きっとすぐ、芽が出るから」

きらきらと笑う。

「リンカ」

名を呼ぶナキの声を無視して、彼女は小走りに家へと戻っていく。残されたナキは、じっと地面を見つめる。濃い色に濡れた地面はじきに乾く。褪せたように白くなる。日はまだ高い。

盛り上がった土の下に埋められた種が一向に芽吹かないのは、何も気候のせいだけではない。あの種は、そもそも死んでいるのだ。

本来咲くはずの、太陽のような黄金色の大輪の花は、枯れた後に実をつけ、その中心に種を残す。しかし、あの種がつくられたのは何年も前のこと。リンカが兄の机の引き出しに、ぽつんとあるのを見つけたときには、種はもうカラカラに乾いていた。

リンカはそれを、兄からの贈り物だと考えた。

そんなふうに受け取る彼女のことを、ナキは健気で可愛らしいと思っている。だから毎日こうして、リンカの家の脇に立つ木の枝から、種と彼女とを見つめている。空を飛ぶための鉄色の翼を畳み、置物のようになって、自分以外の、種を掘り起こそうという気になった誰かが来ないように見張っている。

彼女はナキの名前すら知らず、町にたくさんいる烏(からす)の一羽だとしか思っていないのに。

リンカは自分の部屋の寝台に寝そべって絵本を読んでいたが、やがて本に顔をつけて眠ってしまった。

今日は祭りの日のようで、町の中心からはガチャガチャと耳障(みみざわ)りな音楽が聞こえてくる。ナキは少しつまらなくなって、しかし見張ることもやめたくなくて、木の枝に居座り続けていた。

もしもリンカの考えが正しいとしたら、兄はなんのためにあの種を、歳の離れた妹に残したのだろう。

ナキは、見たこともない彼女の兄のことを考える。どこかへ旅に出たまま、何年も帰ってこないらしい、リンカの兄のことを。

太陽のような花を咲かせる種を、彼はどうして置いていってしまったのだろう。旅先の土地ならば、芽吹いたかもしれないのに。持って行く気にはならなかったのだろうか。

いつの間にか辺りは薄暗くなっていた。いつもなら夕焼けの時間だが、空はどんよりと灰色に垂れ込めている。風が冷たくなり、匂いが変わる。めずらしい、雨の匂いだ。これなら夜になる頃には降り始めるだろう。雨をしのげる場所を探さなければならない。ナキはすっかり乾いた如雨露の跡を見下ろす。

やがて予想した通りに、雨粒がナキの翼を打ち始めた。町の中心の方では、音楽に加えて色とりどりの明かりがチカチカと灯り始めた。人間たちは祭りをやめない。

リンカの家の窓は開いていて、雨音に混じって彼女の母親の声が聞こえてくる。

「前夜祭なんて、私は行きませんよ」

振り払うように強い、しかし悲しい声だ。

「なにが戦勝記念日ですか……あの子は帰ってこないのに」

ナキにはなんのことかわからない。翼を広げて飛び立つと、岩山に立つ一本の大きな木を目指した。

この雨が地面深くまで染み渡ったら、もし、種の中まで水が行き渡ったとしたら、あの種は芽吹くだろうか。

雨にも風にもびくともしない大樹の枝に、ナキは降り立って翼をしまう。ほかの生き物の気配はないようだ。茂る葉に守られ、そっと目を閉じる。

叩きつけるような雨音の中で、ナキは太陽に似た花の夢を見ていた。

第二章

東西南北からの道が交わり、人の集まる西礼（セイライ）は、いつ来ても賑（にぎ）やかな町だ。小さいながらも二本の街道の交わる交通の要衝（ようしょう）であり、旅する者の休憩地点でもあるため、人も物も文化も、翠玲（スイレイ）国中のものがこの場所に集まる。市場には西礼の商人だけでなく行商人も露店を出し、各々（おのおの）がまったく別のものを売っている。香水や菓子や香辛料（こうしんりょう）の、つんとした匂いや甘ったるい匂いが混じる。これが西礼の匂いだ。よその国の人が滞在していることもあるから、ソウシもここではそれほど目立たないかもしれない。

いや、さすがにあの容貌では、それは無理か。宿から出ないようにと言っておいてよかった。

鍛冶屋の店主が約束の品を確めるのを待ちながら、ヤコウは今日何度目かわからないため息をつく。

町の中心にほど近い鍛冶屋は、雑踏（ざっとう）と喧騒（けんそう）がすぐ傍にある。だというのに、それらはヤコウの耳に届かなかった。

あれはいったい何だったのだろう。

自らを想術師と名乗るソウシが見せてくれた、一羽の烏の記憶。一瞬だった。頭の中へどっと流れ込むように、映像が、灰色の砂の匂いが、風や雨の翼に触れる感覚が、烏のナキの心が、手に取るように感じられた。幻などではなかった。

汗だくになって我に返ると、目の前にあの大樹の化石が壁のようにそびえていて、足元がふらついた。抗うこともできずによろめいたヤコウの手を、ソウシが摑んで引き戻してくれた。元の現実と、谷に面した細い道の上へと。

「気を付けて、ヤコウ……いや、これは僕のせいですね」

苦笑する彼のもう片方の手の上には、鳥の形をした光が浮かんでいた。ソウシがそれにふうっと息を吹きかけると、光は一枚の薄い何かへと形を変えた。それは紙のようだった。両手に収まるくらいの大きさで、まだ光を放っている。黄色と鉄色とが混じり合う紙には、たった今、誰かが書き込んでいるかのように、文字列が記されていく。だが、なんと書かれているのかはわからない。ヤコウの知らない文字だ。

「これは、術師にしか読めない文字です。ここには、今、君の見た物語が記されている」

そう言って、ソウシは黒い外套の中から、一冊の本を取り出した。深い緑色をした布張りの立派な本だったが、題名は書かれていなかった。ソウシが本を開くと、どの頁も違う色をしていた。桜色の頁もあれば、海のように青色をした頁もある。その中に、ソウシは光を保ったままの黄色と鉄色の混ざり合った紙を挟み込んだ。大きさがぴたりと合う。

　紙の光は徐々に弱まり、ナキとリンカの物語は、深緑色の本の一頁となった。

「僕は、これを集めているのです」

　ソウシが言った。

「これは、眠りの物語」

「眠りの物語？」

　ヤコウはからからに渇いた喉から、かすれた声を出す。

「そう。僕は眠りの物語を集めて旅をしているのです。長い間、ずっと」

　強い意志を感じる声だった。まるで、ソウシ自身が自分に言い聞かせているようだった。

　ソウシは深緑色の本を黒い外套の中へとしまうと、前を向いて歩き出した。緑禅もそれに従う。大樹の化石の枝々にはまだ無数の光が灯っているのに、二人とも、残りの光には目もくれない。

「このたくさんの光すべてが、誰かの記憶であり、祈りであり、物語です。けれど、眠りの物語はこれ一つだけでした」

そう言われると不思議なことに、ヤコウの目にも、その木は何か大切なものを失ったあとのように映った。ソウシのあとについて歩き、しばらくして振り返ると、大樹に灯った光は消えていた。

はっきりと覚えているのはそこまでだ。

そのあとは頭がぼうっとするばかりで、どうやって山を下り、西礼へ入ったのか、ソウシとどんな会話をしたのかも、まるで記憶にない。気付いたときには、宿の部屋でいつもそうするように、行李（こうり）の中身を整理していた。習慣とは恐ろしいものだ。

それまでの出来事も不思議なことばかりだったが、あれが、術師の術というものなのか。眠りの物語を集めているということは、あのとき大樹の枝に見た光と同じものが、別の場所にもあるのだろうか。

「おい、おい、聞いてるのかヤコウ！」

ぐるぐると考えていると、突然、強く肩を揺さぶられた。

「わ、ああ」

思考の波からやっと抜け出すと、目の前に迫る見知った顔は、ヤコウの様子を訝（いぶか）しんでいた。

「おいどうしたんだ、まったく。山越え程度でへばるお前じゃなかったろう。しっかりしてくれ」

咳き込むように呼吸すると、鉄の匂いがした。額が汗でぐっしょりと濡れている。

「ごめん、エンジュ。ちょっと考え事を」

「なんだ、めずらしいな。お前も頭を使うことがあるのか」

枯葉色の分厚い作業着に身を包み、頭に布を巻いた鍛冶屋の主人は、ため息をつくと向かい合った椅子に腰を下ろした。まだ二十代半ばだが、高齢の両親に代わり、昨年この九刃堂を継いだ。

「使うさ、そりゃあ」

へえ、とエンジュは笑う。彼の背後にある飴色の棚は、先々代の頃から店の顔で、包丁や鋏といった日常的に使われるものから、短刀、長刀、斧など武器の類までがきれいに並べてしまってあった。

店の裏手に炉があるため、店内は外よりも暑く、床にはそこら中に黒い鉄粉が落ちていた。風で入ってくるものもあるが、エンジュの着物や靴について運ばれることがほとんどだ。それらの金属的な匂いのために、いつ来ても、どこか腹の底が冷えるような感覚があった。

「まあ、ヤコウも俺も商売人だからな。頭の使いどころは同じだろうさ。ほら、今回の分だ。ありがとな」

手渡された紙幣と銀貨は、ヤコウの運んだ鉄のかたまりの対価としては十分すぎる額だった。北東の地域で精製される貴重な鋼(はがね)ではあるが、それにしても多い。エンジュとは客と商人である以前に友人だ。こういう気の遣(つか)われ方はしたくない。

「なんだよ、変な顔してどうした」

「いや、だって」

「重いもん背負っての山越えは大変だったろうと思って、前より多めに払ってるんだぞ」

「だからって、こんなにもらえないよ。この程度の量なら負担になるほどじゃない」

「いいんだよ。鋼がなきゃ、うちは仕事にならねぇんだから」

ためらいつつ受け取り、茶色の表紙の帳簿に書き留めていると、奥から少女が、盆に茶と菓子を載(の)せて運んできた。エンジュの妹のマコモだ。濃い桃色の着物に、白い下衣を穿(は)き、動きやすいように着物の裾をからげている。長い黒髪は、編んで異国の髪飾りをつけている。耳飾りも異国の花をかたどったもので、伝統的なものよりも、めずらしいものを好むのがいかにも西礼の娘らしい。

「ヤコウ、いつもありがとう」

「いや、助けられてるのはこっちだよ」

「そうかな。兄さんには、鋼のかたまりを担いで東の山を越える度胸はないよ」

おい、とエンジュが抗議の声を上げると、マコモはいっそう楽しそうに笑った。彼女が笑うと、場の雰囲気が柔らかくなる。

「そうだ、エンジュ。頼みたいものがあるんだけど」

「めずらしいな。そいつの手入れか」

腰の短剣を指差すエンジュに、いや、とヤコウは首を振る。

「これ、あるかな」

右手を上げ、手首を利かせて何かを投げる仕草をすると、エンジュは目を丸くして、マコモと顔を見合わせた。

「ああ、あるけど」

「よかった。十本くらい欲しいんだ」

エンジュは立ち上がり、店の端に置かれた古い木箱の中をがさがさと掻き回す。

「またやるの？　あれ」

盆を胸に抱えて尋ねるマコモの声は、心なしかうれしそうだ。

「いや、ちょっと久しぶりにやってみたいなと思って。あと、この先、あると便利かなと思って」

「便利？」

マコモが首を傾(かし)げたところで、「あったあった」と、エンジュが木箱から顔を上げた。取り出した包みに溜まった埃(ほこり)をはたいて払うと、包みを開き、顔をしかめた。

「ああ、これじゃすぐには渡せねぇな。何日か西礼にいるんだろ？」

「三日くらいは」

「じゃあ、発(た)つ前に寄ってくれ。磨いとくから」

「わかった。ありがとう。それとさ、ついでに訊(き)きたいことがあるんだけど」

エンジュが元の椅子に座るのを待ち、茶を一口すすってヤコウは尋ねる。

「街道の山を越えて東側の辺り」

「ああ」

「あの辺に、昔、町とかあったか？」

兄妹(きょうだい)はまた不思議そうに顔を見合わせ、エンジュが答えた。

「あったよ。名前は忘れちまったけど」

「そう、か」

ヤコウはため息をつくように頷(うなず)いた。

「本当に大昔だけどな。この翠玲が、連羊国(レンヨウ)と戦(いくさ)をやってた頃だから、百年以上前のことさ」

マコモも付け足す。

「その頃はまだ、作物が育つくらいの雨は降ったらしいんだけど、雨の日がだんだん減ってしまって、暮らしていけなくなって、みんな散り散りになって町はなくなったそうよ」

「建物の跡くらいはまだ残ってるはずだぜ」

ソウシと最初に野営をした場所を思い出す。明らかに人の手によって造られたものの、瓦礫の数々。そうか、リンカはあそこに住んでいたのか。彼女の蒔いた種も、あの辺りのどこかに埋まっていたのだ。それをナキが空から見守っていた。

「その町がどうかしたのか？」

「いや、ちょっと話に聞いたから、気になっただけだよ」

曖昧に頷いて、ヤコウは木の実の粉で作った菓子に手を伸ばす。もしかしたら、ソウシの見せたものは彼のつくり出した幻なのかとも思ったが、第三者にあらためて町の存在を証明されると、あの不思議な経験が、輪郭と実体を持ったように思えた。

言葉を持たぬ者や、文字を持たない文明が、世界に残した記憶を読み解く術。

想術師か。ヤコウは胸の内で呟く。

ふと、店の外が騒がしくなった。歓声のような明るいものではなく、何か不穏なざわめきが聞こえる。

「なんだろう。私、ちょっと見てくるね」

マコモが入り口の紫の暖簾をくぐって出ていくと、ひんやりとした風が店内に流れ込んで気持ちよかった。

「ヤコウ」と、マコモの背中が見えなくなるまで待って、エンジュが言った。表情が硬い。

「何かあったのか？」

心配してくれるのはありがたいが、どう話したらいいのかわからない。しばし逡巡した後、ヤコウは微かな笑みを浮かべて首を横に振った。だが、それでエンジュが納得するはずもない。

「話したくないならいいけどさ、困ってることがあるなら言えよ？」

歳の離れた友人は、いつもヤコウを気遣ってくれる。

「うん。ありがとう。でも今のところは大丈夫だから」

「今のところってのがなぁ、聞き捨てならねぇぜ」

呆れて、彼はため息をつく。

「お前は何かと厄介事に首を突っ込むからなぁ」

「後悔したくないだけなんだよ、いつも」

ソウシのことは、話した方が後悔しそうな気がするのだ。術師と旅をしているなんて言ったら、二人ともどう思うか。疑われ、心配され、そのあとはきっとお説教だ。エンジュのことだから、宿までついてきてソウシに何か言うかもしれない。もしかしたら、二人が何かよくないことに巻き込まれてしまう可能性だってある。エンジュとマコモには、なるべく平穏に暮らしていてもらいたい。

茶碗に手を伸ばし、琥珀(こはく)色の茶に口をつけた。香りがいい。きっとマコモのとっておきだ。しかしそれを飲み終わる前に、彼女が小走りで帰ってきた。息を切らしている。

「変わった格好の人がいて、みんなその人を見てるわ」

「変わった格好?」と、エンジュが訊き返す。

「真っ白な髪で、すごくきれいな顔をしてて、黒くて長い外套を着てるの」

困惑(こんわく)しつつも頬を上気させ、表を気にして暖簾に掛けた手を離さない彼女の言葉に、ヤコウは思わず立ち上がった。

「じゃあ、俺はこれで」

「あ、おい、ヤコウ」

「マコモ、ごちそうさま! エンジュもありがとう!」

彼女の脇をすり抜けて通りへと飛び出す。案の定(じょう)、こちらへ向かって歩いてくるのはソウシだった。その白い髪と緑色の瞳、銀と青の刺繡（ししゅう）の入った黒い外套は、明らかに人目を引く。だが当の本人は遠巻きに見つめる人々の視線など気にならないようで、何かを探すように辺りを見回しながら、ゆっくりと歩いてくる。

そもそも、目立って何かと不便だからと、身の回りの世話をヤコウに頼んだのはソウシではなかったか。顔を隠しもせず、なぜ一人で出歩いているのだ。

「ソウシ！」

駆け寄って、ヤコウは叱（しか）るように彼の名前を呼んだ。きょとんとした顔を向けたソウシは、微笑んで言う。

「ヤコウ、こちらにいましたか」

「何してるんです。宿から出ないように言ったじゃないですか。目立つからって」

外を歩けばこうなることはわかっていたのだ。あまりに人間離れした容姿だから、宿屋の主人だって嫌そうな顔をしていたのに。

「そろそろ出発しようと思いましてね」

にこりと明るく告げられた言葉に、ヤコウは頭を殴られたような気がした。

「え？」

どうしてと、思わず縋（すが）るように言う。

「これからも、集めるんじゃなかったんですか。眠りの物語を」

だったら、俺も。そう続けようとした言葉を遮られる。

「ええ。でも、それももうじき、終わるのです。君も見たでしょう。僕が外套から出した本を」

頁ごとの色が違う、深緑色の本を思い出し、ヤコウは頷く。

「ずいぶんと厚かったでしょう？　物語を一枚ずつ挟んでいって、もうあんなに厚くなったのです。僕が持ち歩くにも重くなってきた。だから、あといくつかで十分なのです。それくらいなら、君を付き合わせることもないかと、さっき緑禅と話しましてね」

右隣の虚空に目をやり、ソウシは頷いた。緑禅は姿を見せない。

「君は覚えていないかもしれませんが、この町に入るのも、宿を取るのも、僕のこの外見のせいで苦労したでしょう。君にこれ以上迷惑をかけるわけにはいきませんから」

そんなこと、とヤコウは首を振る。

「西へ、行くんですか？」

「ええ」

「眠りの物語を集めて、それで、どこへ向かうんですか？　西には何があるんですか」

ソウシは答えず、ただ薄く笑っただけだった。

「短い間でしたが、ありがとう、ヤコウ。緑禅以外の誰かと旅をしたのは初めてでしたが、とても楽しかったですよ。では、またどこかで会いましょう」

名残惜しささえ覗かせない彼は、ヤコウの肩をぽんと叩くと、西の門へと向かっていった。人垣は彼の前で自然に割れ、そしてまた、何事もなかったかのように元に戻る。しばし呆然として、ヤコウはその場に立ち尽くしていた。

なぜこんなにも、胸にぽっかりと穴が開いたような気持ちになるのだろう。胸だけではない。体全部ががらんどうになったようだ。

エンジュに話せば、そのまま行かせてしまえと言うだろう。彼はとても堅実だ。得体の知れない術師との繋がりなんて、早いところ絶ってしまった方がいいと。

ヤコウは唇を嚙む。だけど、このままでは。

このまま別れたら、きっとソウシとは二度と会えない。術師は時間の流れが普通の人とは違う。彼がいつかどこかで、ふと自分のことを思い出したとき、ヤコウはもうこの世にはいないだろう。術師の百年はあっという間だ。

まだ伝えていないことがある。話していないことがある。このままでは後悔する。

ヤコウは駆け出した。たとえ人混みの中であっても、彼の姿はすぐに見つかる。

「ソウシ！」

腕を伸ばし、黒の外套の裾を後ろから掴む。

「おや、どうしました」

路地にかかる庇の下で、足を止めたソウシは振り返る。

「やっぱり俺も行きます。迷惑なんかじゃ、ありませんから」

ソウシはじっと、こちらの気持ちを量るかのように見ている。

「なぜです?」

「まだ、もらった紅玉の分、ソウシの世話をしていないから」

人でない雇用主は、若葉の色をした目を見開いたかと思うと、眉を寄せて破顔した。

「おやおや、まじめなことです。僕がいいと言ってるんですから、気にしなくていいのに。そういうところは、あのときの行商人を見習ってもいいのですよ」

「それだけじゃないんです」

「というと?」

「眠りの物語を、俺も見たいんです。もっと知りたい。ナキとリンカのことも」

ナキとリンカのことを思い出すと切なくて、情けない声を出すヤコウに、ソウシは目を伏せて言った。

「たとえあの二人にほかの物語があったとしても、西へ向かうのでは見ることはできませんよ」

「それから、ソウシのことも知りたい、緑禅のことも」

ソウシが意外そうに目を見開いた。堰(せき)を切ったように、ヤコウの口からは言葉が溢れる。

「第一こんな別れ方をするのなら、どうして俺に世話を焼いてほしいなんて言ったんです？　西礼までなら、俺がいなくてもたいして変わらなかったじゃないですか」

岩山越えだって、空を飛べる緑禅がいるのだから、ちっとも危険ではなかった。

「あ、だからそれは、緑禅の声が聞こえる人に本当に初めて会ったので」

「そんな、自分だけ正体を明かして、不思議なものをさんざん見せて、こんな、中途半端に巻き込んで」

言いたいことがありすぎて、だんだん怒りに似た感情が湧いてきた。なぜだろう、目の奥が熱い。

「ヤコウ、落ち着いて」

ソウシが困った顔をして、ヤコウと、そこにいるらしい緑禅とを交互に見ている。緑禅のげんなりしている顔が頭に浮かんだ。おそらく当たっているだろう。面倒だと思われるのも癪(しゃく)で、ヤコウはわざと大きく息を吸い、目を押さえて息を整えた。

「大丈夫ですか、ヤコウ」

おろおろしているソウシの目を、あらためて見る。

「それと、伝えたいことがあったんです。俺の話」

「ヤコウの？」

こくりと頷く。もう一度、深く呼吸をして気持ちを整える。

「俺、子供のときからずっと、寝付きが悪かったんです。眠りも浅くて。だけどソウシと一緒にいるようになってから寝付きはいいし、深く眠れるようになりました。そのお礼をしてないと思って」

ソウシは傍ら（かたわ）に目をやった。緑禅と顔を見合わせているのだろう。

「よく眠れるようになったことに、僕が関係しているんですか？」

「あなたのおかげなんです」

なんだかおかしなことを言っている気がして、ヤコウは視線を逸（そ）らす。

「聞いてもらえませんか、俺の話。両親にも友達にも、今まで誰にも話したことのない話」

どう思われるだろう。怖いけれど、このまま別れるよりはましだ。

「ぜひ、聞かせてください。君の物語を」

ソウシはいつになくまっすぐな目をしていた。

泊まっている宿の部屋には西側に窓があり、そこから町のはずれに連なる金色の田が見えた。実り豊かな稲穂が、夕日に照り映えて光の波になる。

「俺は、曲芸の一座で生まれたんです」

窓際の椅子に腰を下ろし、ヤコウは口を開いた。片方の寝台にはソウシが座り、こちらの話に耳を傾けてくれている。

「旅の一座です。町から町への放浪の暮らし。両親は二人とも、その一座の猛獣使いでした」

「猛獣使い。それは楽しそうですね」

ソウシの言葉に、ヤコウは微笑んで頷く。思い出すと懐かしさが込み上げるが、同時に寂しさもやってくる。あの頃は毎日が楽しくて、幸せだった。

一座の動物たちの世話がヤコウの仕事だった。猛獣とは言いつつも、それに当たるのは一頭ずつの虎と狼くらいで、あとは驢馬や犬、数台の馬車を引く馬たちだった。みな、自分の仕事がわかっているのか舞台から降りるとおとなしくなり、じゃれつく牙にさえ用心すれば、危険なことなど何もなかった。種族は違っても、家族のような動物たちだった。

「俺が八歳の頃のことです」

ある町で興行を終えた夜、動物たちの世話も済み、ヤコウは眠い目をこすって宿へ戻った。いつもは馬車の荷台の隅に毛布を重ねて眠るのだが、この町だけは宿屋に泊まれるのだ。宿屋の主人が座長の友人で、馬車も宿の周りにぐるりと置かせてもらった。

座長は父の倍も年上の男で、団員たちからよく慕われていた。ヤコウにとってはよく遊んでくれるおもしろいおじさんだった。しばらく前から投剣を教えてくれていて、今日、初めて客の前で披露した。

「投剣？」

「的当てです。鍔のない細い短剣を投げて、的に当てるんです。遠くから見ているお客さんにもわかりやすいように、紙風船なんかを割るんですよ」

ヤコウは手首を利かせ、投げるときの仕草を見せる。

「俺、結構上手かったんですよ」

「わかります。なんとなくですが」

ソウシの言葉に、ヤコウは薄く笑う。

「そうだと思いました」

最初に野営をした翌朝、ソウシはヤコウの短剣を指して、動物や鳥がいれば君に獲ってもらおうと思ったと、そう言った。

「でも、あれは投げるための剣じゃないので、難しいんですけど」

「おや、そうでしたか」

　その日の興行が終わって客が引いても、的に当たった瞬間の歓声と拍手がうれしくて、ヤコウは疲れなど感じていなかった。だが、いつものように動物たちに餌をやっているうちに、急に眠たくなった。目をこすりながら、仲良しの狼と虎の頭を撫でて回った。

「そんなだから、気付かなかったんです」

　座長の顔色がひどく悪かったことに。

　体調が思わしくないようだと、母から聞いたのに。夜なのに診療所へ行くという座長に、「行ってらっしゃい」と手を振っただけで、宿の二階へ上がってしまった。

「しばらく泊まることになるかもしれないそうよ」

　眠りに落ちる間際に、不安そうな母の声を聞いた。

　それなら、明日お見舞いに行こう。いや、もしかしたら本当は悪いところなんてなくて、今夜のうちには帰ってくるのかもしれない。だって座長は今日も機嫌よく大きな声で笑っていたし、明日も興行はあるから。

　翌朝目覚めると、同じ部屋で眠ったはずの両親の姿はなく、ヤコウは一人で階下へ降りた。宿の人を呼ぼうかと思っていると、母が外から帰ってきて、重い言葉で、座長がもう戻ってこないことを告げた。

ヤコウには、母が何を言っているのかわからなかった。

それからだんだんと、冷たい水に慣れるようにじわじわと、その現実が体に染み込んでくると、ヤコウは泣いた。外では狼が吠え、呼応するように虎も吠えた。

どうして眠ってしまったのだろう。どうして朝まで目が覚めなかったのだろう。その間に、大好きな座長は苦しんで、命まで失くしてしまったというのに。

「俺は、何もできなかったんです。それどころか、間違えた。何もかも間違えていた」

ヤコウは震える手を握りしめた。

行ってらっしゃい、なんて言うべきではなかった。あれが最後だったのなら、伝えたいのはそんな言葉ではなかったのに。

たくさん遊んでもらったことへのありがとうも、投剣の練習を怠けたことへのごめんなさいも、ヤコウは伝えられなかった。

何より悔いたのは、彼の枕元で、励ましてあげられなかったことだ。

朝起きても座長が戻っていなければ診療所へ行き、大丈夫だよ、病気なんてすぐに治るよと、ヤコウは言うつもりだった。おかしなことだが、ヤコウは、自分が座長の枕元でそう言えば、彼はすぐにでも元気になると思っていたのだ。

ごめんなさい。昨日、すぐに眠ってしまってごめんなさい。

行ってらっしゃい、なんて言ってごめんなさい。

ヤコウは泣きながら何度も何度も同じことを思ったが、それを誰にも言えなかった。

「それからです。眠るのが怖くなったのは」

眠っている間に、大事な誰かが死んでしまうかもしれない。

夢を見ているうちに、大切なものが失われているかもしれない。

夜が怖い。眠るのが怖い。目を瞑り、世界の光も音も遠ざかり、最後には意識まで離れていく。それがとてつもなく怖かった。

その後、一座は解散し、両親は翠玲国のとある町に居を構えた。その町を飛び出し、行商を始めたあとも、眠りを恐れる気持ちは変わらなかった。野宿ならまだいい。だが、宿屋のふかふかとした寝台は、あの夜のことを思い出してしまう。歩き疲れた体を投げ出して深く息を吐き、幸せだと思う反面、心には重いものがのしかかる。

目が覚めたとき、今日と変わらぬ明日が在るだろうか。

世界から切り離されるその瞬間が怖くて、ぎりぎりまで意識にしがみつく。

あれから、十年も経ったというのに。

「両親に対しても同じでした。あれ以来、寝顔を見ると、このまま目を覚まさないんじゃないかと、どきどきして。口元に手を翳(かざ)したり、胸に耳を当てて、生きていることを確かめて、ほっとする。でも、しばらくするとまた心配になって」

「もしかして、行商人になった理由は」

ソウシが労(いたわ)るように尋ねる。手から始まった震えは、徐々に体へと広がっていった。

「それもあります。半分くらい。もう半分は、一つの場所に留(とど)まるのが苦手だったことです。ずっと旅をしていたから、落ち着かないんですよ」

両親の家はあくまで両親の住んでいる家だというだけで、ヤコウの故郷ではない。帰るべき場所だとは感じなかった。エンジュやマコモは一座にいた頃からの知り合いで、二人は西礼に腰を落ち着けないかと提案してくれたこともあったが、断った。エンジュたちとは、今の距離感がちょうどいい。近くに住んで一緒に過ごす時間が増えれば、今度は二人のことが心配になってしまう。遠くにいたのだから何も知らなくても仕方がなかった、という言い訳が使えなくなってしまう。

「つくづく臆病な性格なんです。だから、今まで誰にも話したことがなかった。眠るのが怖いなんて、呆れられるから」

「そんなことはないですよ」

ヤコウは首を横に振る。

「ソウシと会った、最初の晩のことを覚えていますか」

夜通し火の番をしなくても、翌朝、焚き火は消えなかった。それどころか、寝る前にくべておいた枯れ木さえ、燃え尽きていなかった。

思い出すだけで、胸が高鳴った。うれしかった。

「朝起きて思いました。今日は、昨日の続きから始まったんだって。昨日の続きそのまま。俺が眠っている間に、世界では何も起こらなかった。悪いことも何も」

そう言ってから、口元を自嘲気味に歪める。

「そんなわけはないですけど、少なくとも、俺の目の届く世界では、何も起こらなかった。俺は、そのことが本当にうれしかったんです」

窓の向こうではゆっくりと太陽が沈もうとしていて、燭燈に火を灯そうと、ソウシが立ち上がる。しかし、彼は火打ち石を手に取ることはなかった。油に浸かった灯芯を、若葉色の瞳で見つめる。すると、灯芯の先に、ぽっと火が点いた。

ああ、そうだ、この力だ。この不思議な力だ。

ソウシが眩しそうに目を細めると、玻璃のような瞳が瞼の奥に隠れた。

「なるほど。寝付きがよくなったというのは、そういうことでしたか」

「ええ。あれからは、本当に。ソウシは、俺が眠っている間に死んでしまうことはないから」

　たしかに、とソウシは小さく笑った。

「まあ、そう簡単には死にませんよ。寿命も長いですし」

「感謝しているんです」

「術師になって、人から感謝されるのはめずらしい」

　ソウシは寝台にすとんと腰を下ろすと、俯(うつむ)いて笑った。緑禅が何か言ったのだろう、顔を上げて笑いかける。

「だから俺は、もう少し、あなたと旅をしたいんです」

　ソウシの緑色の瞳に、燭燈の炎が揺れて映る。

「座長のことがあってから、俺は眠るのと同じくらい、悔やむことを恐れるようになりました。何かを決めるとき、いつも、悔やまない方を選ぶようにしてきた。今ここで別れたら、俺はきっと後悔すると思うんです。そのまま、永遠に会えなくなるのは嫌なんです。眠りの物語をもっと知りたいというのも、紅玉の分ほど働いていないというのも、全部、本心です。全部、俺にとっては後悔の種だから」

　言いながら、自分勝手だなと思う。後悔しないためとはいえ、どれもこれも、ソウシのための理由ではない。ソウシは黒絹の外套の下でゆっくりと足を組むと、窓の外に目をやって言った。

「実を言うと、僕も眠れないんです」

　意表を突かれて、ヤコウは目を瞬く。

「ソウシも？」

　若葉色の宝石のような瞳が、いたずらっぽくこちらを見る。

「君はここまで来る間に、僕が眠っているところを見ましたか？」

　そう言われてみれば、目を閉じているところならば見たが、あれは眠っているという感じではなかった。朝はいつも、ヤコウより先に起きていた。

「少しも、ですか？」

「ええ、まったく。それでも平気なのが、術師の体の怖いところですけど。普通の人なら、もうとっくに死んでいたでしょう」

「ずっと？」

「ええ」

「どれくらい？」

「ざっと数えて、そうですね、二百年になるでしょうか」

　ヤコウが息を呑むと、ソウシははぐらかすように苦笑した。

「それは、術師だから眠らなくても平気ってことなんですか？　それとも、ほかに何か理由が？」

「さあ、どうでしょう」

ソウシは藍色に染まる空の、遠くの方を見ていた。

「でも、ヤコウの話を聞いていて、君といると心地いい理由が、少しわかりました。僕にも生まれた場所はありますが、そこを今でも故郷と呼んでいいのか、帰っていい場所なのかもよくわかりません。悔やむこともたくさんある。それこそ、二百年分。僕と君は、きっと似ているんです」

それから、寂しげに微笑んだ。それは初めて見るソウシの表情で、今までで一番、彼の本心に近い顔なのだと感じた。

「君さえよければ、一緒に行きましょうか。もう少しだけ。眠りの物語で、本がいっぱいになるまで」

ソウシはそれ以上は何も言わず、ただ、右手を差し出した。

彼は、何か目的があって術師になったのだろうか。その目的のために、眠りの物語を集め、本にすることが必要だったのだろうか。

まだ尋ねるべきときではないのだ。今はただ、彼らとの旅が続くことを喜ぼう。握った手は温かかった。

「あらためて、よろしく、ソウシ」

わざと明るい声を出して笑うと、居座り続けていた体の震えが、少しずつおさまっていった。

行李の中のものを方々で売りさばき、今度は市場で仕入れたもので行李を埋めていく。西礼の市場にはいろいろなものがあるが、次に向かう玄土という町では、異国のもののような突飛なものはあまり好まれない。暮らしの中で使うもので、目新しい程度のものがいい。となると、たとえば凝った意匠の香炉や、南方の胡椒、マコモが出してくれたような、香りのいいとっておきのお茶などだ。

町を発つ前日、ヤコウが再び九刃堂へ向かうと、エンジュが険しい顔で待ち構えていた。どうやら飛び出したヤコウをマコモとともに追いかけ、ソウシと話しているところを見ていたらしい。

「大丈夫なんだろうな」

厳しい口調は、ヤコウを心底心配してのものだが、言葉の奥には「やめておけ」という彼の本音が滲んでいる。マコモは店の隅で掃除をするふりをしながら、背中で二人の話を聞いていた。ヤコウたちの傍から離れようとせず、もう何十年も売れずに壁の飾りのようになっている大剣に、ずっとはたきをかけている。

「大丈夫って、何が」

「あの人だよ。どう見ても怪しいだろ」

それは否定できなくて、ヤコウは苦笑いを浮かべる。

「おかしなことに巻き込まれてるわけじゃないんだよな?」

エンジュは何度も念を押す。おかしなこと、と言われればすでに巻き込まれているような気もするが、彼をこれ以上心配させても仕方ない。

「大丈夫、ちょっと変わってるけど、いい人だよ」

「いい人はあんな格好しないだろ」

「いや、はは」

「あれじゃまるで術師だ」

本物の術師だと話したら、エンジュはどう思うだろうか。信じてくれるかもしれないが、信じたところでソウシへの警戒心を増すだけかもしれない。

「ああいう格好で術師を騙る詐欺師、結構いるんだよ。気をつけろ」

「俺も会ったことあるよ。でも、あの人は違うから」

エンジュは不満そうに唇を引き結ぶ。

「もうしばらく、一緒に行くだけさ」

「深入りするなよ」

「エンジュは心配し過ぎだよ、なあ、マコモ」

マコモに助けを求めると、彼女は振り向いて肩をすくめた。兄の強情さは、誰よりもよく知っているのだ。マコモをうるさそうに見やって、エンジュは尚も言う。

「素性(すじょう)は？　どういう人間か知ってるのか？」

「いや、さっぱりだ。俺もそこは気になってるんだけど」

なかなか訊けなくて、と視線を向けると、エンジュは呆れたようにため息をつき、頭に巻いた布を取って顔を拭(ぬぐ)った。

「今のところ、目的地もわからないんだ。西へ向かうって、それだけでさ」

「お前は、ほんとに」と、エンジュは言葉を失う。

「平気だって」

「何が平気なもんか。少しは自分の身の安全てものを考えろ。すぐなんにでも首を突っ込むんだから」

安全についてなら、ソウシと一緒にいる方が安全な気がする。

「まあ、何とかなるよ」

「そんな気楽に」

言葉が途中で途切れたのは、説得は無駄だと悟ったからだろう。強情はお互い様だったようだとマコモを見ると、彼女は眉を下げて笑っていた。

「まあいい。それはそうと、ほら、頼まれてたものだ」

エンジュが布の包みを放り投げる。受け取ると、中から金属の擦れ合う音がした。

「雑だな」

「うるせぇ」

包みをめくって中身を確認する。中に包まれていたのは、十本の短剣だった。鍔がなく、細い刀身に、これまた細い銀色の柄のついたまっすぐな剣は、投剣に使うものだ。峰はなく両刃で、尖端は鋭く研ぎ上げられている。

そのうちの一本を手に取り、その重さを確かめるように手首を振る。

「子供のとき使ってたやつの倍くらい重いぞ。さすがにあれじゃあ、今のヤコウにはかえって扱いづらい」

心地よい重みだ。どれくらいの力で投げればどれくらいの距離まで飛ぶのか、なんとなく想像できる。

「店の中で投げるなよ」

「試し打ちはできないか?」

そう言うと、エンジュは億劫(おっくう)そうに立ち上がり、奥の作業場へ案内した。そちらにはすでに、試し打ち用の板が用意してあった。ヤコウがそう言うこともお見通しだったのだろう。両手で交互に、数十回も繰り返し投げるうちに、短剣は的の中心に集まるようになった。勘が戻ってきたようだ。

「しかし、なんでまた急に投剣をやる気になったんだ?」

脇に置かれた作業机に頬杖をついて的を眺め、エンジュが訊く。

「お前、避けてたじゃないか。投剣もだし、曲芸そのものも。西礼に旅の一座が来てても、見たこともなかった」

短く打つような音を立てて、短剣が的の真ん中に刺さる。作業場の入り口で見ていたマコモが拍手をした。

「気が変わったんだよ。それだけ」

エンジュには言えないが、ソウシの食料調達のためだ。彼は生命力のある食べ物を好む。動物でも鳥でも魚でも、仕留めたばかりのものが一番いいのだと言っていた。眠れるようになった恩返しの意味も込めて、食べ物くらいはなんとかしてやりたい。

「ああ、まあ、これだけの腕ならある程度自分の身は守れるか」

ヤコウの考えも知らずに呟くエンジュに、胸の内で苦笑する。

的から抜いた銀色の短剣を、ヤコウはじっと見つめる。

まさかこんな理由で、十年ぶりに投剣をすることになるとは思わなかった。だが、悪い気はしない。体がまだあの頃のことを覚えているのは、正直なところうれしかった。

帰り際、マコモが言った。

「ヤコウ、必ずまたこの町へ来てね」

マコモまでヤコウの身の安全を心配しているのかと思ったら、彼女は笑った。

「兄さんは頭が固いからあんなこと言ったけど、私は、あの人の柔らかい雰囲気が好きだったよ。ヤコウの言うように、悪い人だとは思えない」

「マコモ」

「だから、今度はあの人と二人で、この店にも顔を見せてね」

後ろではエンジュが舌打ちをしている。その顔は、なぜ味方がいないのかと、ふてくされているようにも見えた。

「うん。ソウシにも伝えとく」

じゃあまた、と手を振って、ヤコウは九刃堂をあとにした。

西礼の古い門をくぐった途端に、風は土と枯葉の匂いが濃くなった。優しく、香ばしいような、秋の匂いだ。街道や町の周辺には草木が茂り、風にも湿り気が出てきて、東の灰色の岩石地帯が嘘のようだ。

この辺りなら、饅頭にも簡単に黴が生えるだろう。それも綿のような立派な黴が。そう言ってみたが、ソウシは、それはもういいと笑った。

西礼の西側の古い城壁はほとんど崩れ、門の一帯だけ残っているようだった。西礼は町を北西へと拡大しており、元は城壁の外にあたる場所にも、民家や田畑が増えていた。

米の収穫時期を間近に控えた田には、黄金色の稲穂が見渡す限り揺れている。西礼がもっと豊かになり、いずれ他の町と大々的に交易ができるようになれば、行商人の仕事は減るかもしれない。

街道はじきに町から離れ、道沿いに点々と農家があるだけになった。納屋では馬が藁を食み、通りかかる者には利口な犬が吠えている。遠くに見えるのは、こんもりと茂る橅の森だ。

「ソウシ」

散歩でもするようにゆっくりと歩くソウシは、ヤコウからやや距離を取って後方にいる。

つかず離れず、隣を歩くわけではなくても、その距離感は心地よい。

「はい？」

西礼で買った林檎(りんご)を後方へ投げる。

「ああ、どうも」

歩きながら受け取って、ソウシは早速それをかじる。しゃく、と小気味よい音がする。

「外で食べるとおいしいなと思っていたのですが」

「うん」

「旅の仲間が増えたからかなと、最近思い始めました。一人で食べるのは、もう飽きてしまいましたからね」

「緑禅は？」

「彼は何も食べませんから。食事にも付き合ってくれませんし」

そんなことを言うと、緑禅がへそを曲げるのではないだろうか。辺りを見回すヤコウを見て、ソウシが笑った。

「元の樫が枯れるようなことでもない限り、緑禅は腹も空(す)かなければ病気にもなりません。悪いことではないのですがね。食事という感覚は、彼には難しい」

そうだ、世界のどこかには、緑禅の生まれた樫の木もあるのだ。

「その木も見てみたいな」と、ヤコウは言う。

ソウシの生まれた国に、その樫もあるのだろうか。岩山にあった大樹の化石のように、きっと樹齢の長い、立派な木なのだろう。

「ソウシ、私の話はその辺りにしておいてください」と、どこからともなく緑禅の声がして、ソウシは笑いながら彼の話をやめた。

街道は石造りだったが、古く、馬車の轍（わだち）の跡が擦（す）り切れたようにくぼんでいた。だが、砂が溜まっていないだけ歩きやすい。空はどこまでも高く晴れ、ちぎれた真綿のような雲が浮かんでいる。

「玄土まではどれくらいですか?」と、ソウシが訊く。

「また何日かかかりますね」

「そうですか」

「玄土にも、眠りの物語があることはわかってるんですか?」

ソウシはこくりと頷き、尋ねる。

「楽しみですか?」

「それはもちろん」

声はそこで途切れる。夢のような物語に触れられるのはうれしいが、物語が集まれば、その分彼らとの旅の終わりも近付いてしまう。それは複雑な気持ちだった。

「それはそうと、ヤコウ」

「ん？」

「ほかに食べ物はないでしょうか。できれば生の肉か魚のような」

ヤコウは足を止める。

「お腹、減ってるんですか？」と訊くと、ソウシは困ったように言った。

「いえ、実は西礼ではあまりその、生命力のあるものを食べられなくて」

ああ、そうか。食事は別々の時間にとることが多かったので気付かなかったが、たしかに西礼の市場などで売っていた肉や魚は、新鮮でも、どれも保存が効くよう調理してあった。

「あれではその、味気なくて」

「じゃあ、何か探してみますか」と、ヤコウは行く手に見える橅の森を指した。

「お手数かけます」

「いやいや」

投剣を試すのにはちょうどいい。

街道を外れ、二人は黄や橙に色づいた森へ足を踏み入れる。地面が見えないほど厚く積もった落ち葉はふかふかと柔らかく、温かい土の匂いがした。よく見ると棘のある茶色い殻があちこちに落ちていたが、中にあるはずの実はなかった。

「何かいそうですか」と彼が問う。

「いろいろと。栗鼠や鼠、鹿や熊なんかもこの実は好きなんですが、この規模の森なら、さすがに熊はいないかな」

「ほう」

「栗鼠や鼠を狙って、鷹や蛇が来ることもありますよ」

その言葉を、甲高い鳴き声が遮る。けたたましく荒ぶる声のする方へと行ってみると、立派な橅の根元で、雉が鮮やかな翼を広げ、蛇と睨み合っていた。蛇も鎌首をもたげて雉を威嚇している。

背後に立つソウシを振り返る。

「ええと、どっちにします？」

「両方で」

「そんな気はした」

「冗談です」と、ソウシは、そうは見えない顔で言う。

「雉でお願いします」

「はい」

「でも、食べやすいのは蛇の方なんです。羽根をむしらずともそのまま食べられるので」

最後の言葉は無視して、背中の行李をそっと落ち葉の絨毯(じゅうたん)に下ろす。落ち葉はかさりと音を立てたが、雉と蛇とは互いに相手に集中しており、音に反応することはなかった。

ヤコウは行李の蓋(ふた)を開け、音を立てないよう慎重に、エンジュに用意してもらった包みを取り出す。

「なんです？　腰の短剣は使わないのですか？」

耳元で話しかけられた気がして顔を上げたが、ソウシは数歩離れたところにいて、口を開いた様子もなかった。ああ、何かの術か。胸の中でそう思うと、ソウシが頷いた。今さら驚く気にもならない。西礼の宿でも見つめただけで燭燈に火を点けていたし、ヤコウにはわからない術なんて、きっと山ほどあるのだろう。いちいち驚いていたら心臓が持たない。

しかし、そうなると今までもヤコウの心を読んだことがあるのだろうか。それは困る。そう思っていると、ソウシが首を微かに振って否定した。

取り出した包みを、ヤコウはソウシにも見えるよう落ち葉の上に広げた。銀色の細身の短剣が艶(つや)やかに光る。

「それが本来の、投剣に使うものですか？」

また耳元で声がする。ヤコウは無言で頷いた。

「それを投げて雉を？」

ええ。

「自信はあるのですか？」

まあ見ててください。

そう心に思い、ヤコウは短剣を二本、手に取った。片手に一本ずつ、先に投げるのは左からだ。

翼を広げて揺らし、蛇を威嚇して、雉はくちばしを開く。その顔の前をかすめるようにして、背後の橅にまずは一本。短剣は刺さる瞬間にカッと鋭い音を立てる。予想外の方向からの攻撃に、驚いた雉が羽ばたき、体が宙に浮いた。

今だ！

ヤコウは右手の短剣を投げる。短剣はまっすぐに飛び、雉の首の付け根に命中した。断末魔（だんまつま）の叫びを上げ、もがいていた雉は木の根元に倒れる。それを見た蛇は、しゅるしゅると音を立てて茂みの中へと消えていった。

黒い外套の裾で落ち葉を撫で、ソウシが近付いてくる。

「お見事ですね」

「まあ、昔やってたんでね」

にこにこと言われ、ヤコウは思わず照れる。

「仕込まれたから」

「だからといって、動く生き物を狙うのは別ですよ。本当にいい腕です。座長さんもお喜びになるでしょう」

どう返したらいいかわからず、小さく、どうも、と答えながら、ヤコウは木に刺さった短剣を抜く。雉の首からも剣を抜くと、溢(あふ)れ出した血を、ソウシが素手で受け止めた。

「命が、もったいないですからね」

そう言って、すくった血に口をつける。火を通したものでは味気ないと言うくらいだから、想像はしていたのだが、実際に見ると衝撃的だ。ヤコウはなるべくそちらを見ないようにしながら、短剣の刃をぼろ布で拭った。さすがに羽根ごとは食べないだろうから、羽根をむしって、生のまま食べるのだろう。ソウシ本人には慣れても、彼の食事風景には一向に慣れない。

人でなくなったもの。その言葉が、彼の食事を目にするたびに脳裏を過(よぎ)る。

術師とは、みなこうなのだろうか。

「ソウシ」

　ふと思って、声をかけた。雉の首に直接口をつけていたソウシは、口の周りを血だらけにして顔を上げる。肌も髪も白いから、余計に血の色が鮮明で、頬はわずかに紅潮している。

「なんです？」

「ソウシには、術師の仲間っているの？」

「仲間、ですか」

　白い髪を揺らして、彼は葉の落ちて透けた梢の隙間から空を見上げる。

「いませんね。顔見知りの術師なら一人いましたけど、死にました」

　死んだ。術師も死ぬのか。そう思ったが、とっさには訊き返せなかった。だが、彼のほかにも術師は存在しているようだ。

　ヤコウは術師のことも、ソウシのこともまだ何も知らない。怖いとは思わなくなったが、それは慣れたというだけで、エンジュの言うように、彼自身のことは何もわからない。

　ただ、まだ温かい雉の生き血をすするソウシがかつては人間だったことを思うと、胸の奥が痛んだ。

　そうなんだ、とだけ答え、ヤコウは短剣を元のように布に包んでしまい込む。だが途中で思い直し、すぐに手に取れるようにと、数本、竹で編まれた行李の側面の編み目に差した。

ソウシは雉の首の傷口から血をあらかた吸ってしまうと、雉の脚を持ってぶら提げた。肉はあとで食べるらしい。ヤコウの前で、遠慮したのかもしれない。

それから彼は、ヤコウの剣が傷付けてしまった樵の幹をそっと撫で、手を離したときには、幹の傷はもう治っていた。

第三章

数日間の短い旅は、比較的穏やかに過ぎた。森と草原と、牧草地と田畑の繰り返される景色は、代わり映えはしないが見飽きることもなかった。森には生き物の息吹がして、田畑があれば家もあり、人の暮らす様が見えた。羊の群れを移動させている羊飼いもいる。

「羊の毛って、生えているときはあんまり柔らかくないんですよね。ちょっとちくちくするし。知ってます？」

ふと、ヤコウがそんなことを言うと、ソウシは思いのほか食いついてきた。

「そうなんですか？」

「え、ええ」

面食らっているヤコウを置いて、ソウシは羊飼いに近付くと、羊の毛を触らせてもらえないかと頼んでいた。羊飼いはソウシの容貌に驚いていたが、親切にも許してくれた。

「どうだった？」と帰ってきたソウシに尋ねると、彼はにこにことして答えた。

「ぐるぐると厚く巻いた絨毯のようでした。思ったよりも硬くて、でも温かかったです」

長く生きているのに、世界中を旅していると言っていたのに、まだ知らないことがあるのだ。ヤコウにはそれが不思議だったけれど、世界のことをすべて知るには、二百年でも足りないということなのかもしれない。緑禅を呼んで撫で、ソウシは羊との手触りの違いをまじめな顔で確かめていた。

ソウシは、仕留め立ての雉の肉がよほど生命力に溢れていたらしく、その後はほとんど食事をしなかった。それでもヤコウが食事をとっていると、気を遣って合わせてくれているのか、戯れのように生の木の実を拾ってかじっていた。

数日の間に、二度、雨が降った。いつもなら、外套に水を弾く油を塗ってやり過ごすのだが、支度をしていると、ソウシが言った。

「それでは風邪をひきますよ」

ソウシが手を翳して何か呟くと、急に雨音が遠くなった。肌に雨粒も感じない。ちょうど、透明な毬の中に、ソウシと緑禅とともにすっぽりと入っているかのような感覚だった。雨は毬の外を通って流れ、その空間は、ソウシが歩くのに合わせて一緒に動いた。

「雨の日はいつもこうしてるの？」

「外にいるときはそうですね。濡れるのは好きではないので。傘というのも、手がふさがってしまって、便利とは言い難（がた）いですし」

　まるで家ごと移動しているかのようで快適だったが、足だけは、常に泥の上を歩いていた。

「そこはついさっきまで雨の降っていたところですから、仕方ないですね」と、ソウシが苦笑する。ソウシと緑禅に泥はつかないので、結局、ヤコウだけが靴を泥だらけにした。

　それでも、ヤコウは次の雨の日を心待ちにした。雲行きが怪しくなると、あの術は使わないのかと、先回りしてソウシに尋ねたりもした。

　この数日を、ヤコウはとても長く感じていた。それだけ充実した時間が続いていたのだ。毎日毎日、新しいことが起こるのだから当然だ。時間の流れ方が違うという、ソウシはこの日々をどう感じていたのだろう。退屈ではなかっただろうか。いや、羊に初めて触ったのだから、きっと、退屈はしなかっただろう。

　街道を進み続けると、やがて分かれ道にぶつかった。

「玄土（ゲンド）はこっちです」と、ヤコウが西へと伸びる道を行こうとすると、ソウシが引き止めた。

「いえ、ヤコウ、あちらへ行きましょう」

　北西へと続く道を指す。その先にあるのは、雁慶（ガンケイ）という町だ。あまり行ったことのない町で、ヤコウは困惑した。

「でも、眠りの物語は玄土にあるんですよね？」

「ええ。ですが、あちらの町からも物語の気配を感じます」

それは困る。行李の中は、玄土で売ることを念頭に、仕入れたものでいっぱいだ。周囲の草むらで一斉に虫が鳴き出し、ヤコウの心情を代弁してくれているかのようだった。

「いいえ、ヤコウ、北西へ進みましょう。あなたが一緒なら、北西の町の方がいい。あなたに見せたい物語があるのです」

そう言うと半ば強引に、ソウシはヤコウを連れ、雁慶へと続く道を選んで歩き出した。


雁慶は特殊な町だ。学問と研究のためにつくられ、堅固な城壁でぐるりと囲まれた町の中には、調査や研究のための施設や、歴史書や学術書の編纂所が集まっている。住んでいるのは研究者たちと、彼らの生活を支えるために働く人々がほとんどだ。町のすべてが翠玲の頭脳であり、それゆえ、ほかの町とは比べ物にならないほど警備も厳重だ。

ヤコウが雁慶に入れたのは、行商人の通行証を持っていたからにほかならない。よそではめったに出すこともない通行証が、久しぶりに役に立った。行李の中も検められたが、問題ないと判断されたようだ。だが、行李の中には、雁慶で特別売れるようなものも入っていない。とりあえず人のいるところを回り、少しでも行李を軽くしようと、ヤコウは一人で路地を歩き回っていた。

そう、一人で。

雁慶の番所の役人は、ソウシの姿を見るなり表情を曇らせ、彼をけして通そうとしなかった。自分の連れなのだと、ヤコウが通行証を見せて主張してもだめだった。どう見ても怪しい上に、素性（すじょう）もわからないとあれば当たり前だ。

「まあ、そうでしょうね」と、ソウシ本人も何も語ろうとしないのだから、無理もない。役人は自分の仕事をしているだけだ。西礼（セイライ）は旅人たちの休息のために開かれた町だが、雁慶は国にとって重要な町であるだけに、こういったところは厳しい。

一人では目的の、眠りの物語も探しようがなかった。だが、途方に暮れていても仕方がない。まずは自分の仕事をするべきだ。

雁慶には、数年前に一度だけ来たことがある。そのときの記憶を頼りに、ヤコウは店の集まる通りへと向かった。

古書店のやたらと多い通りを半日歩き回り、雑貨や日用品の類（たぐい）は、いくつかの店で買い取ってくれた。町に入るとき、商売がある程度済んだらいったん外に出るから、と言い置いてきたのだが、もうじき日が暮れる。ソウシと緑禅はどうしているだろうか。

町を取り囲む城壁と、門の上には見張りの役人がいる。篝火(かがりび)を焚(た)いて、彼らは夜に備えている。金属の軋(きし)む音がして、見ると、門が閉まろうとしていた。慌(あわ)てて走り出したが、間に合わず、門はヤコウの目の前で固く閉ざされた。砂埃(すなぼこり)が舞い上がり、ヤコウは両腕で目を庇(かば)う。

「日没後の出入りは禁止されている。町を出たければ、明朝、あらためて手続きを」

門の脇に立つ役人が言った。

「外に知り合いを待たせてるんです」

懇願(こんがん)するように言うと、役人は門の上の見張りに向けて声を張り上げた。

「おい、門の外に誰かいるか？」

見張りは外へ身を乗り出したあと、またこちらを見下ろして首を振る。

「いや、誰もいないが」

「そんな」と、ヤコウは思わず声を上げたあとで、見張りの役人が、町へ着いたときには番所にいた男だと気付く。

「昼間、俺と一緒に来た人なんですけど、どこに行ったか知りませんか？」

見張りは少し考えたあとで、不審げに眉を寄せた。

「あんたのことは覚えてるが、誰かと一緒だったか？」

「一緒だったでしょう！　真っ白な髪で、緑の目をしていて、黒くて長い外套を着た」

傍らの役人が、困惑した顔で見張りの男を見上げる。

「おい、そんなやつ来たのか？」

「いいや。来てない。少なくとも俺は知らん。見てないね」

「そんな……！」

「見てないと言ったら見てないんだ。悪いが、そんなおかしな見た目のやつがいたら、俺だって忘れないさ」

門の上の彼は、いらいらとして言った。その表情も口調も、嘘をついているようには見えない。これ以上言い合っても無駄なようだ。諦めて頭を下げ、ヤコウは元来た道を戻る。背後からは役人たちの嘲るような声が聞こえた。

もしかして、ソウシが彼らに何かの術を使ったのか？

考えながら角を曲がると、暗がりで何かとぶつかりそうになり、ヤコウはとっさに身を固くした。だが、相手はヤコウの脇をすり抜けた。翡翠色の長い毛がなびく。

「まったく。前を見て歩きなさい、ヤコウ」

そう咎めたのは、樫の木の精霊だった。

「緑禅！」

姿ははっきりと見えるが、体は透き通っており、向こう側の景色がうっすらと見えた。声は聞こえていても触れることはできないため、避けることもなかったなと、ヤコウは内心思う。緑禅は顎（あご）をつんと上げ、ヤコウを見下ろす。

「ソウシの言いつけで迎えに来たのです」

「迎えに？　ソウシは今どこにいるの？」

緑禅が額（ひたい）の金色の角で面倒くさそうに指し示したのは、町の中心部の方角だった。

「え、町の中に？」

「当たり前です。ここまで来て野宿など、ばかばかしいことです」

「どうやって入ったんだ？」

「それはまあ、いろいろと」

「いろいろとって」

話す気はないようだが、なんとなく想像はつく。言葉を持たぬ者たちの記憶に触れたり、心の声を読んだりすることができる想術師なら、人の記憶を消すことや、あるいは嘘の記憶を植え付けることができても不思議ではない。

「番所の人たちの記憶を消したの？」

緑禅は答えない。だが否定しないということは、そういうことなのだろう。ヤコウは眉を下げて尋ねる。

「ねぇ、俺の記憶は消さないよね」

一瞬の沈黙のあと、緑禅が言った。

「なぜそんなことを訊くのです」

「だってさ」

緑禅は何か考えているふうで、相変わらず気位は高いのだが、出会った頃のように、ヤコウの発言を笑うことはしなかった。

「それは、ソウシ次第ですよ」

「やっぱり」

「ですが、今のところあなたの記憶を消す理由はないでしょう」

それから、ついてきなさいと言い、宙を蹴ってふわふわと歩き始めた。ヤコウは彼を追う。

夜の初めの雁慶は、明るい場所と暗い場所とがはっきりと分かれていた。中心部の方はまだ明るいが、それ以外の場所は眠りにつくのが早そうだ。ふと、烏のナキとリンカの話を思い出した。戦勝記念日の前夜祭は、色とりどりの明かりの下で行われていた。

緑禅が向かったのは、町の中でも一際暗い場所だった。大切な物が保管してあるため、日没とともに厳重に鍵をかけられる場所の一つ、翠玲国生物史編纂所だ。その名の通り、翠玲の動植物や昆虫などの生き物について、その分布や種の変化をつぶさに記録し、書物にまとめていく場所だ。

「え、ここにソウシが？」

明かりは消され、何重にも閉じられた門には、鎖と錠がかかっている。緑禅は頷く。

「もう閉まってるけど。どうやって」

たぶん訊くだけ野暮なことだったのだろう、緑禅はこちらを一瞥しただけだった。が、ふと進むのをやめ、ヤコウの顔をじっと見つめた。

「なに？」

「あなたには無理そうですね」

「なにが？」

緑禅は答えず、ついてくるように言った。彼の素っ気なさは最初からだが、それでも、態度は多少柔らかくなった気がする。緑禅の方でも、急に現れた同行者にやっと慣れてきたのかもしれない。

編纂所を囲む塀を裏へと回り込むと、ヤコウの背よりも高い塀を、緑禅は造作もなく飛び越えた。実体はないはずなのに、長い翡翠色の毛先がなびき、星明かりに透けてきらきらと光る。

「早くなさい」と、彼は塀の内側から言う。

「いや、そんな簡単に」

術師のソウシと一緒にされては困る。しかも、こちらは荷物の詰まった行李まで背負っているのだ。ソウシが中で待っているというのなら、行かないわけにもいかないだろう。ヤコウは辺りを見回すと、石塀のでこぼことしたところに手をかけた。足を地面から離して塀に引っかけ、手をさらに上へと伸ばす。塀の上に腰掛けて一息つくと、緑禅が急げと言わんばかりの目で見上げていた。

「わかってるから、緑禅」

「気安く名前を呼ばないでください」

「あ、はい……」

余計な口は利かないようにしようと思いながら、ヤコウは行李を肩から下ろし、肩紐を持って、そっと塀の内側へ落とした。はずみで蓋が開き、いくつか中身が散らばる。

「ああ、やっぱり無理だったか」

独り言のように言い、ヤコウは塀から飛び降りると、こぼれた商品を拾い集めた。胡椒や茶葉ならいくら落としても問題はないが、行李の奥にしまった香炉は割れなかっただろうか。あとで確かめよう。

商品を詰め直していると、緑禅が茶色の表紙の帳簿をくわえて差し出した。一番上に載せていたから、品物と一緒に飛び出したらしい。礼を言って受け取ると、緑禅は人間のような目で、じっとヤコウの顔を見て言った。

「大切なものでしょう。しっかりしまっておきなさい」

緑禅らしからぬ言い様に、ヤコウは戸惑いつつ頷いたが、そのときには、彼はもう背を向けて建物の方へと進んでいた。裏口の扉の前で、ヤコウを待っている。扉は内側からしか施錠できないものだったが、緑禅は顎でしゃくるように扉を指した。

「開けろって？」

「中でソウシが待っています」

取っ手に手をかける。扉には、鍵がかかっていなかった。

「ソウシが開けておいてくれたのかな」

「そのようです」

「ソウシはどこから？」

「どこからでも入れます」

緑禅は淡々と答えると、ヤコウを促して扉を開けさせ、先に立って中へと入っていった。

ソウシだけでなく、緑禅もまたどこからでも入れるのだろう。

編纂所の中は真っ暗だった。ヤコウは行李から、燭灯（しょくとう）と火打ち石を取り出して火を点（つ）ける。

「明かりが外に漏（も）れないように気を付けて」

もちろんだ。ヤコウは頷く。

裏口の脇は小さな炊事場になっていて、その奥に編纂室があった。数台の机はどれも紙と版木とに埋もれていて、注意深く足を運ばないと、足元に積まれた版木に躓（つまず）きそうになった。無秩序に積まれているようでもきっと、机の主（ぬし）にはどこに何があるのかわかるのだろう。そういう類の散らかり方だ。部屋の壁から壁へと渡された紐には、刷ったばかりの頁（ページ）が吊るされていて、墨の匂いがほのかに漂っている。

「ソウシはどこにいるんだろう」

「ここではありません。奥です」

長い尾で、緑禅は続きの間を指す。古びた扉の上には、資料室と書かれていた。蝶番（ちょうつがい）を軋ませてゆっくりと扉を開けると、中は編纂室以上に混沌（こんとん）としていた。植物や動物を写生したものや虫の標本、動物の剝製（はくせい）まで、硝子（ガラス）の棚に丁寧（ていねい）に収められているものもあれば、絵などは役目を終えたのか、雑多に積まれているものもある。

それらに囲まれ立つソウシは、全身がぼんやりと白い光を帯び、暗闇に浮かんでいるように見えた。外套に青の絹糸で刺繍（ししゅう）された水仙の花がきらめいている。

「ソウシ」

名前を呼ぶのとほとんど同時に、彼が振り返る。

「やあ」

それから眉を寄せて笑う。

「勝手に入ってすみませんでしたね」

それは町のことか、それともこの編纂所のことか。たぶん、両方だろう。

「平気だったの？」

ヤコウも、その両方について尋ねる。緑禅がソウシの隣へ行き、尾を彼に巻きつけるようにして立った。

「ええまあ、なんとか。番所の彼には少し悪いことをしましたけど、まあ、何も覚えていないから気付くこともないでしょう」

やはり役人の記憶をいじったようだ。

「ここにはどうやって？」

そう訊くと、ソウシは視線を向けて少し考えていたが、やがてにこりと笑って言った。

「説明するととても長くなるので、またいずれ」

体よくごまかされてしまった。

「緑禅、ご苦労でしたね」

「術師でない者というのは、まことに不便なものですね。これほど時間がかかるとは思いませんでした」

苦笑して、ソウシは手招きしてヤコウを呼び寄せる。ヤコウは一歩進むたびに燭燈を翳し、部屋の中を見回した。炎の揺らめきに浮かび上がる茶褐色の陰影は、どこか懐かしい気配がした。古い紙の匂いや、油じみた匂い。棚に並んだ硝子瓶のきらめきと、採取された鉱物の、渦の影のいびつさ。植物の標本は、まるで夢の中の森から摘んできたように見えた。

日の下で見るよりも、きっと魅力的に見えるだろうそれらに、ヤコウは、子供の頃に捕まえた甲虫を入れた虫かごや、拾ってきたものを詰めた宝箱を思い出す。

「ここに、眠りの物語があるの？」

確かめるためにヤコウは訊いた。そうでなければ、こんな時間にこんな場所へ、彼が来ることはないだろう。

白い光を纏い、思った通り、彼は頷いた。

「待っていたんですよ。あなたが来るのを」

「俺を」

「あなたに見せたい物語があるのだと、言ったでしょう？」

　ソウシは床に膝をつくと、目の高さにある、何かずんぐりしたものにかけられた布を剝ぎ取った。中から現れたのは、狼の剝製だった。白っぽい毛皮と青い硝子玉の目玉が、燭燈のわずかな炎を捉え、生きているかのように輝いている。四肢で地面を踏みしめ、今にも歩き出しそうだ。

「この狼の記憶、ですか？」

「ええ、どうしてもあなたに見せたくて。わかりますか、彼が誰か」

　ソウシが外套から手を出して、白い指で狼の顎を撫でる。

「誰って」

　ヤコウは行李を下ろし、姿勢を低くして狼と視線を合わせた。

　淡い灰色と白色の交じる毛皮。狼ならばその色合いは一般的だが、雪の日の空のような模様には見覚えがあった。剝製にしたあとから嵌め込まれた青い硝子玉の瞳でも、その表情には見覚えがあった。ヤコウはこの狼を知っている。知っているどころではない。一緒に育った。

「ラゴ……？」

幼い頃、ともに旅をした優しい狼の名を呟く。背中によじ登っても振り落とすこともせず、泣いているときは傍に寄り添ってくれた。どうしてラゴがここにいるのだろう。

ソウシが立ち上がり、手を翳すと、ラゴの体から雪に似た、白い光の玉が現れた。それは空中を漂い、術師の手のひらへと辿り着くと、白い光は淡く広がり、やがてその中に、ソウシとヤコウは溶け込んでいった。

涙のにおい
namida no nioi

鼻を空に向けてひくひくさせていると、隣の檻で体を横たえている虎が訊いてきた。

「何かにおうの」

ラゴの数倍も体が大きい割に、このハクドウという虎は、ずいぶんのったりと喋る。昔はこんなふうではなかったが、この曲芸一座の人間に子供が生まれてから、性格が丸くなったように思う。

「いや、別に」

「そんなこと言わずに教えてくれよ」

笑うように言う。伝えるべきか、迷った末に、ラゴは答える。

「病のにおいがする」

「病?」

ハクドウもまた、空に鼻を向けた。

「おれにはまだわからない。さすがにラゴの鼻はよく利くなぁ」

「誰の病か訊かないのか」

ハクドウは床に顎をつけて寝そべる。

「年寄りだろう? なら、長だ」

彼の視線の先には、一座で座長と呼ばれている男の姿があった。座長というのは名前ではないらしいが、誰もが座長と呼ぶので、それが名前代わりなのだろう。

「いやだな、病は」

ラゴも頭を伏せる。

「そんなに悪いの？」

ああ、と答える代わりに軽く唸(うな)った。

「そうか。人間は、おれたちよりずっと長生きだから、めったに病気にならないものかと思ってたけど」

声と足音とを捉(とら)えて、ラゴの耳が勝手に動く。ハクドウの耳もすぐに、同じように動いた。体を起こし、ラゴは音のする方へ目をやる。軽い足音は、一座の旅の最中に生まれた子供だ。八歳になる。両親は一座の獣たちの主人のようなものだから、この子供も主人と言えばそうなのだが、それにしては、なんというか、

「坊ちゃんは今日もかわいいねぇ」

どう言葉にしていいか迷うことも、ハクドウは簡単に口にする。

「まあ、そうだな」

重たそうな肉を抱(かか)えて、機嫌よく馬車の荷台に乗ってくる。

「お待たせ！　お腹空(なかす)いたでしょう！　遅くなってごめんね！」

ヤコウという名前の子供は荷台の床に、切り分けてある生肉を置いた。後ろで結んだ黒い髪は、翡翠(ひすい)の玉のついた紐(ひも)で結んでいて、それが動くたびにちゃらちゃらと揺れた。

檻についた、餌(えさ)を出し入れするための小さな扉を開けて、ヤコウは皿に載(の)せた肉を二頭に順番に出す。ハクドウのこともラゴのことも怖がっていないのか、細い腕を檻の奥まで差し入れる。

「はい、ありがとう」

人間には唸り声にしか聞こえない声で、ハクドウが言う。口を開けただけで、大抵の人間たちは恐れて悲鳴を上げるのに、ヤコウときたらへらへらと笑う。

「うん、いっぱい食べてね」

言葉が通じているかのように答えるので、ハクドウも満足そうだ。

「あとで片付けに来るからね。ラゴもたくさん食べるんだよ」

小さな手を左右に振って、ヤコウは行ってしまう。鶏(にわとり)の生肉に牙(きば)を立てていると、ハクドウが言った。

「ヤコウ坊ちゃんは、同じ人間の死を見たことがあるかな」

「なんだ、急に。何の話だ」

思わず口を肉から離し、声を荒立てた。しまった、人間が気付くかもしれない。ラゴは馬車の外へ視線を走らせるが、人間たちは宴の支度に追われていた。

「いや、ね。長は悪いんだろう？　もし死んだらさ、坊ちゃんも悲しむだろうと思ってさ。おれたち獣が死ぬのだって、あの子は見たことがないだろう」

一座の驢馬や犬たちは、ヤコウがまだ二、三歳の頃に一座にやってきたから若い。

「でも、ヤコウだって鶏や兎の肉を捌いているじゃないか」と、ラゴは言う。

「人も獣もいつかは死ぬ。子供とはいえ、それはわかってるだろう」

「鶏や兎はおれたちの餌だ。だけど、おれたちは人間の餌じゃない。坊ちゃんはおれたちや、長たちを、同じ群れの仲間だと思っている。餌が死ぬのと、仲間が死ぬのとは違うだろう？」

ハクドウはしんみりとした声で続ける。

「群れの仲間が死ぬのは寂しいし、悲しいもんさ。坊ちゃんは、まだ若いからなぁ」

ラゴはもう一度空に鼻を向けた。生肉のにおいと、人間たちが焚き火の周りでしている酒盛りのにおい、それらのにおいの奥に、たしかに病のにおいはある。微かなのにけして揺らがず、そこにある。

「長は気付いていないのかな」と、ハクドウが人間のように首を傾げた。

「気付いていないはずがないさ。隠しているんだ」

人間たちはいつも、急ぐように次の場所へ、次の場所へと旅をしているから。きっと旅を止めたくないのだろう。

「困ったな」

においがする。嫌なにおいだ。病のにおいの向こうから、将来を案じさせる嫌なにおいがする。

「伝えられないかな」

くぐもった声に隣の檻を振り向くと、ハクドウは床に寝そべり、長い縞模様の尾で、床をはたいていた。

「どうやって。おれたちは獣だぞ」

言葉が通じないことを、これほどもどかしいと思ったことはない。人も獣も、歳を取れば、病気になれば死ぬ。それは当たり前のことで、今までそれをどうにかしようと思ったことはなかった。ラゴ自身も、一座にいた獣の何頭かを見送った。悲しくても悔しくても、少し経てば、そんなものかと納得がいった。

だが、ヤコウの笑顔を思い出すと、死を止める手段はないかと考えてしまう。

「参ったな」

誰にともなく呟いて、ラゴは鶏肉にかぶりついた。

病のにおいは、ひと月ほどの間に死のにおいへと変わっていった。

馬車の荷台で揺られながら、ラゴは次の町で座長とは別れることになるのだと感じ取っていた。座長は人にも獣にも陽気な男で、芸を仕込むのにさえ鞭を打つことがなかった。不思議なもので、たとえ同族の仲間がいなくとも、ラゴはここにいることを寂しいと思ったことはなかった。

「もうすぐかい」と、ハクドウが言った。昼間は少し眠そうだ。

「ああ」

ラゴは答え、耳と鼻とを動かした。

「風の音とは違う音がする。もうすぐだ」

ハクドウが尋ねたのは、はたして次の町までの距離だっただろうか。

だが、ハクドウもそれ以上は訊かなかった。

町に着くといつものように支度をして、仕事が始まる。ラゴは舞台に上がって燃え盛る輪をくぐり、ハクドウはヤコウの母を背に乗せて、颯爽と舞台上を駆けた。

舞台袖に緊張した様子のヤコウがいると思ったら、手には短剣を持っていた。

「坊ちゃん、がんばって」とハクドウが囁くのに続いて、ラゴも言った。

「当たるさ。気楽にな」

「ありがとう」

ヤコウは本当に、獣の言葉がわかっているかのようだ。ラゴはおかしな気持ちになって尾を振った。

舞台が終わると、ヤコウは頬を真っ赤にして手を振り、客を見送っていた。座長に教わっていた投剣は、どうやらうまくいったらしい。大勢の客の口からヤコウを褒める言葉が聞こえる。ラゴも褒めてやろうと近付くと、鼻筋を掻くように撫でられた。これでは逆だ。

檻に戻される最中、客の人間たちの雑多なにおいがなくなったあとの風に、ラゴはいよいよ死のにおいを嗅ぎ取った。ハクドウを見ると、上出来な舞台のあとにしては神妙な顔をしていた。ハクドウにも、もうわかっているのだ。

「みんな、今日はお疲れさま！　大盛況だったよ！　大盛況！　えっと、お客さんがたくさん入って、みんながいっぱい喜んでくれたってことだよ！」

ヤコウは上機嫌にいつもより質のいい生肉を、皿に山盛りにして出してくれる。

「ヤコウ」

小さく呼んでみるが、ヤコウはラゴの首の柔らかいところをわしわしと撫でただけだった。撫でられたがっていると思ったのだろう。ヤコウの顔はまだ赤い。興奮と疲れとで、火照(ほて)っているらしかった。

　ヤコウが馬車の荷台から降りたところで、一座の人間が声をかけた。

「座長の体の具合が悪そうだから、診療所へ連れて行ってくるよ。ヤコウは先に休んでて」

「ヤコウ、今日の投剣はよかったなぁ。見事なもんだよ。立派だ、立派」

　長の声だ、とハクドウが呟く。座長がヤコウの頭を撫でたらしく、ヤコウのうれしそうな笑い声が聞こえた。

「今日はゆっくり休んで、明日もまた、がんばろうな」

「うん！　診療所、行ってらっしゃい！」

　手を振ると、ヤコウは今日泊まる宿の方へと走って行ってしまった。

「ヤコウ！　待て！」

　ラゴは思わず叫んだ。

「ヤコウ！　戻れ！　長は！」

「坊ちゃん！　戻っておいで！」

　つられたように、ハクドウも叫んだ。これが最後になるかもしれない。いや、きっと、明日の朝にはもう会えない。

吠える声のうるささに、一座の人間が荷台を覗き込む。

「ラゴ、ハクドウ、どうしたんだ！　静かにしなさい！」

こんなことは滅多にないから、人間も驚いたのだろう。きつく言われると、かえって吠えたくなった。

「こらこら。ラゴもハクドウも、もういいんだよ」

人間の後ろから顔を出したのは、座長だった。ラゴもハクドウもぴたりと黙る。死のにおいが、途端に荷台に広がる。生き物ならば誰でも感じる、ぞっとするにおいだ。わからないのは人間くらいなのだろう。

「お前たちに隠し事はできないな……お前たちは、私とヤコウのことを心配しているんだろう。ヤコウは、あれでいいんだよ。今夜は疲れているはずだから。眠れなかったらかわいそうだろう」

この人も、まるでおれたちの言葉がわかっているように言う。種族は違えど、同じ群れの仲間だからだ。それならば、病のにおいを嗅ぎつけたときに伝えれば、気付いてくれたのだろうか、とラゴは思う。いや、それは人間を買いかぶりすぎだ。きっと、いくら吠えても、どうにもできなかったのだ。

「いいんだよ」と、彼は何度も繰り返す。

「私も、これでいいんだ。自分勝手かもしれないが、十分満足しているのさ。みんなにも世話になったね。ラゴ、ハクドウ、あとを頼んだよ」

長、とハクドウが悲しげに鳴いたが、当の座長は穏やかに微笑んでいた。

その夜は、ずっと星空を見上げていた。宿の二階の明かりは消えていて、幼くてかわいい、あの小さなヤコウが、幸せな夢を見ていることを願った。

翌朝は思っていた通りのことが起きて、小さなヤコウは地面に突っ伏して、水たまりができるのではないかと思うほど大泣きした。その理由が悲しみだけではないことは、涙のにおいでわかった。この子は強く悔いているのだと。

泣き続けるヤコウを慰めたくて、ラゴとハクドウは一緒に、空に向かって吠えた。

お前は悪くないのだよ。

長は心配させたくなくて、あえてそうしたのだよ。

だから泣かないで、泣かないで。

普段なら不思議なほど伝わる胸の内が、このときは通じたのかわからない。それ以来、ヤコウの目には影がさすようになり、笑うことが減った。

それからしばらくして、一座は解散することになった。人間も獣も散り散りになり、元は北方から来たラゴとハクドウは翠玲国ではめずらしく、それぞれ別の町の研究施設で暮らすことになった。

どこへ行こうがつらくはなかった。ただ願うのは、あの小さなヤコウの幸せだけだった。

どうか自分を責めないでくれ。

どうか、日々を笑って過ごしていてくれ。

ヤコウ、ヤコウ。お前よりも小さくてかわいいものを、おれたちは知らないのだから。

第四章

光はソウシが息を吹きかけると、一枚の紙に姿を変えた。透き通るような青と白と灰色は、ラゴの色だ。その紙に、ヤコウには読めない文字で物語が記されていく。

「それ、どうするの」

ヤコウは鼻をすすって尋ねた。頰には涙の筋が何本もできていて、ひりひりとして痛い。瞼を閉じると、歪んでいた視界がはっきりとした。涙の滴がぼろぼろと落ちる。燭燈はいつの間にか消えていた。窓のない真っ暗な部屋で、それでも、ソウシとラゴがどこにいるのかはわかった。淡い光が二人を取り巻いている。

「それは言えません」

「だったら、返して」

思ったよりも冷たい声が出た。手の甲で、目元をごしごしと拭く。

「その記憶はラゴのもので、俺にとっても大事なものです。ラゴに返してください」

自然と頭を下げていた。ソウシの視線を感じる。小さなため息は緑禅(リョクゼン)のものだ。

「僕は彼から記憶を奪ったわけではありません。言うなればこれは、彼に教えてもらった記憶を、書き留(と)めたもの。あちらの編纂(へんさん)室にも吊るしてあったでしょう。刷られたばかりの、学術書の一頁(ページ)が。あれと同じようなものです。彼の記憶は、今も彼の中にあります。彼の記憶を奪うことは、誰にもできませんから」

ヤコウは顔を上げてラゴを見た。床に膝(ひざ)をついたままにじり寄って、剥製(はくせい)になった体に触れる。ラゴの首のあたりを撫でる。生きていたときのような、ぬくもりも柔らかさもない。しかし、たしかに懐(なつ)かしい手触りがある。頭から鼻筋にかけて撫でる。鼻筋の短い毛を、逆立てるように掻く。ラゴはこう撫でられるのが好きだった。

「毛が抜けてしまいますよ」と、ソウシが言った。手には深緑色の表紙の厚い本を持っている。

「この子は晩年、雁慶(ガンケイ)の研究施設にいたようですね。北方の狼の生態を知るための観察対象だったようです」

「もっと早く、それを知ってたら」

生きているうちに会うことができたのだろうか。かつて一度だけヤコウが雁慶へ来ていたことに、ラゴは気付いていたのだろうか。

「ラゴは、幸せだったかな」

「大切にされて過ごしたようですよ。子や孫も、どこかにいるようです」

それもまた、ラゴの記憶から読み取ったのだろう。ソウシは確信めいた言い方をする。

「ただ、旅が好きだったので、少し退屈だったようですね。あなたと同じですね」

暗闇の中でも、青い硝子玉の瞳は輝いていた。ヤコウの濡れた目の光が、ラゴの目に映っていたのだ。ラゴの硬い鼻先に、ヤコウも自分の鼻をつける。冷たい薬品のにおいの奥に、懐かしい、日なたに干した布団のような優しいにおいがする。

「だって俺たち、家族だったもんな」

それからしばらくの間、ヤコウはラゴの傍から離れなかった。


遅くに取った宿屋で、ヤコウは言葉少なに床に就いたが、なかなか寝付けなかった。座長もラゴもハクドウも、ヤコウの幸せを願ってくれていたのだと知り、幼い頃の思い出がいつまでも頭の中をぐるぐると巡っていた。体も熱を持ったように熱い。

真夜中を過ぎてもソウシは起きていて、窓辺で明かりの消えた町と星とを眺めていた。部屋の中だというのに、黒の外套にくるまっている。机の上に小さな燭燈があるだけの部屋の中は暗く静かで、時折、外套の刺繍がきらりと光った。緑禅の姿はない。

「ソウシ」

微(かす)かな声で呼ぶと、彼はすぐに気付いてくれた。

「どうしました。眠れませんか」

ヤコウはもぞもぞと寝台の上に体を起こし、壁に背を預ける。

「少し、訊(き)いてもいいかな」

そう言うと、何ですか、と彼は微笑んだ。その表情に背中を押されるように、おずおずと、ヤコウは口にする。

「どう、思った？」

ソウシが小さく首を傾(かし)げると、真っ白な髪がさらさらと揺れた。

「何をです？」

「ラゴの記憶を見て、その、子供の頃の、俺のこと」

ああ、と彼は目を閉じて頷(うなず)く。

「ばかだなとか、思わなかった？」

「まさか。君は愛されていたのだと思いましたよ。ラゴにも、あのハクドウという虎にも、座長さんにも、そしてきっと、一座の皆さんにも」

ヤコウは唇を噛む。

「どうすればよかったと思う?」

ソウシが目を開けた。若葉色の瞳がこちらを見る。

「座長がいなくなっても、一座を続けた方が、よかったんじゃないかな」

「ヤコウ」

「みんな、その方が幸せだったんじゃないか。そうだと思うんだ」

「だとしても、当時子供だった君には、どうにもできなかったことです」

「だけどさ、どうにかして」

目を伏せても、見えるのは、布団の上で握りしめた自分の拳だけだった。

「本当に、解散するしかなかったのかな。俺はこんなふうに、一人で行商なんてしてないで、こんな……みんなを探して、ラゴたちも探して、見つけて、取り戻して、またみんなで旅の一座を、やるべきだったんじゃないかな」

言っているうちに、そんな大それたことは自分にはできないと気付く。十年前だって、一座の大人たちが全員、解散に賛成だったわけではないだろう。どうにか続けていこうとして、それでもできなかったから、みんな散り散りになるしかなかったのだろう。

「後悔しているんですね」と、静かにソウシが訊いた。ヤコウはゆっくりと思いを紡ぐ。

「座長と最後に別れたときの後悔が、ラゴのおかげでやっと軽くなったのに……そうしたら今度は、あのとき泣いてばかりじゃなくて、みんなのために何か、できることがあったんじゃないかって思えてきて」

声はだんだんと弱くなっていく。

過ぎたことを悩んでも仕方ないのはわかっている。どんなに悔やんでもラゴはもう死んでしまったし、ハクドウも、今どこでどうしているのかわからない。ほかの驢馬（ろば）や犬や馬たちは、どこにでもいる動物なだけに、探すのはもっと難しい。寿命の短いものだっている。せめて、みんなの行き先をあのとき聞いていれば。

「なんだか俺、ずっと同じことを繰り返してるみたいだ」

あれ以来、いつでも後悔しない方をと選ぶ癖（くせ）がついたけれど、この先何を知り、誰と出会い、別れるかはわからない。選んだあとで真実を知れば、また新しい後悔は生まれる。後悔しない日々など、永遠に訪れないのだろう。そう思ったら、なんだか自分が情けなくなった。

これからもずっと、何かが起こり、何かを知るたびに、何もできなかったと悔やみ続けることになるのだろうか。

「そういうものですよ、ヤコウ」

ソウシの声は優しかった。

「過去はどうにもなりませんが、新たな後悔の種を見つけたことで、君はまた一つ、世界を違った目で見ることになる。そうすれば、この先の人生は少し変わります。ほんの少しかもしれませんが、それでも、変わる前よりはずっといい」

「そうかな」

力なく答えて、ヤコウは寝台の上で膝を抱える。

「そうですよ。君はきっと、今までは選べなかったことも、勇気をもって選ぶことができるようになる。決断することができるようになる。それは世界が広がるということです」

世界が広がる。

そう言われても想像すらできなかったが、ソウシの自信ありげな顔を見ていたら、それは遠くない未来にわかるような気がしてきた。人よりずっと寿命の長い彼が言うのだから、そうなのだろうとも思えた。ソウシの人生は、ヤコウの何倍も長い。

「悪いことじゃないんだ」

「もちろんですよ」

一つ息を吐くと、ヤコウの頬が自然と緩んだ。そっか、よかったと、何度も呟く。

「これで眠れるようになりますか」と、ソウシが尋ねる。

「うん、たぶん。ありがとう、ソウシ」

ソウシは満足そうに頷いていた。

「ソウシも、眠れないんだよね？」

それも、二百年もの間ずっとだと言っていた。術師の体だから生きていられるのだと。

諦めたような苦笑を浮かべて、ソウシは頷く。

「君がいろいろ話してくれるから、僕もつい話したくなるのですがね。僕が眠れない理由も、大まかには君と同じなんです。怖いんですよ」

「え？」

「僕はあなたのように、周囲の人や世界を慮れる者ではありません。ただ、自分が眠ったきりもう目覚めないかもしれないと思うと、それだけで眠れなくなるのです」

「それは」

訊いていいものだろうか。一瞬ためらう。

「何か理由があるの？」

ソウシは窓の外へ目をやった。二百年分の夜は、いったいどうやって過ぎたのだろう。

誰もが眠りに就いている夜を過ごすのは、寂しくなかったのだろうか。

「僕には、やり遂げなければならないことがあるんです」

その言葉には、とても孤独な響きがあった。緑禅もそれを感じ取ったのか、ヤコウの前に姿を現して、ソウシに寄り添った。こうして二百年の夜の間も、緑禅が傍にいたのだろうか。

「それは、眠りの物語を集めていることに関係がある？」

無言でソウシは頷く。

「西には何があるの？」

ヤコウは西礼（セイライ）でも同じことを訊いた。そのときは答えてくれなかった問いだ。

「僕の生まれ育った国です」と、彼は淡々と答えた。

「今はもう変わってしまって、故郷と呼んでいいのかもわかりませんが」

何か慰（なぐさ）めようとして、意味のないことに気付く。言葉はただの吐息（といき）へと変わる。

二百年も生きていれば、人も国も大きく変わる。もしかしたら、もうソウシを知る人もいないのかもしれない。黒い外套に包まれた背中は、心なしか寂しげだった。

ソウシはそれきり黙り込み、ヤコウもそれ以上は訊かなかった。少しずつでも、ソウシ自身が話してくれるまで待とうと思った。

ヤコウは寝台に横になると、机の上の燭燈を眺めた。この燭燈も、油を足さなくても一晩中燃えるのだろう。

「俺はさ、眠ることって、死ぬことに似てると思うんだ。けして、離れたものじゃない」

ソウシは緑禅を撫でていた。緑と黒の交じった毛並みは、燭燈のつくる陰影の中で一層艶（つや）やかだった。

「そうですね。似ています」

「うん」

だから、両親の寝顔を見るのさえ怖かった。朝になったら必ず目覚める保証なんてないから。

「おかしいよね。みんな、そんなことなんか考えずに、夜になったら眠ってるのに」

ソウシが顔を上げる。

「眠りとは、本来そんなものではないはずなのに？」

「そう、そうなんだ」

頭の中はすっきりとしていた。ラゴとソウシのおかげで、進むべき道が見えたような気がした。

「目覚めるために眠るんだって、わかってるのに。明日のために眠るんだって」

自分を変えなければ。変わらなくてはいけない。ラゴがあんなにもヤコウの幸せを思っていてくれたのだから。

すっと、音も立てずにソウシが立ち上がった。緑禅がソウシを見上げている。漆黒（しっこく）の絹の外套が、しゃらりと体をつたうように流れる。

「ソウシ?」

「目覚めるために眠る。あなたの言う通りですね」

ソウシは笑みを湛えていたが、その目には言い知れぬ翳りがあった。

「明日のために眠る、か。明日、目覚めるために」

「ソウシ? どうしたの?」

「今夜は、いい夜です」

そう言うと、ソウシは部屋の扉を開けた。宿の廊下は真っ暗で、明かりといえば、階段脇の棚に置かれた燭燈のほかは、窓から差し込む星明かりだけだった。

「ヤコウ、一階に本棚があったのを覚えていますか?」

「ああ、うん」

宿を入ったところ、受付をする机の横に、床から天井までの大きな本棚があった。主人の趣味で、古い書物を収集しているのだという。さすがは学問と研究の町だ。自慢げに口髭を撫でる主人から、気になるものがあれば自由に読んでいいと言われたのだが、それどころではなかったので、愛想笑いだけ返した。

「あの本棚から、一冊、本を持ってきてもらえますか?」

「いいけど、どの本？」

「行けばわかります」

ソウシは微笑むだけだった。ヤコウは廊下へ出ると、階段の傍の棚から燭燈を取り、足元を照らしながら階下へと向かった。ほかにも客は泊まっているはずだが、静まり返っていた。みな、深く眠っているのだろう。燭燈の火が揺れるたび、壁にヤコウの影が躍る。影は大きくなったり細くなったりしながら、ヤコウの足取りに合わせて進んでいく。

一階にも人の気配はなかった。外の軒先に燭燈が吊るされているのが扉の窓から見えるが、明かりはそれだけだ。一階は暗闇に沈んでいる。

いやだなあと、ヤコウは思う。野営慣れした身で暗闇が怖いはずもないが、宿屋の一階というのが、十年前のことを思い起こさせる。あのとき、夜中に診療所へ向かった両親の気配に気付いていたら、最後に一目、座長に会うことができたのだろうか。すぐ目の前に、診療所へと向かう両親の背中が見えた気がして、振り払うようにヤコウは激しく頭を振った。

頭では前向きになろうとしても、ヤコウ自身が、今も自分を許せずにいる。その事実を突きつけられる。ため息をつき、ヤコウは本棚へと向かった。

宿の主人が自慢するだけあって、本棚にはめずらしい本が並んでいた。大抵は古く、中には背表紙が読めなくなっているものも、外国語で書かれているものもあった。さて、どれを持っていったらいいものか。ソウシは行けばわかると言ったが、どういうことだろう。

燭燈を机に置き、本棚の上の段の左端から、順に眺めてみる。届くところは指で触れてみると、触れた瞬間に、微かに光った本があった。取り出すと、表紙全体が金色に光っている。ソウシがいるのかと階段を見上げてみたが、二階は真っ暗だ。

その本は、どこかの国の言葉で書かれており、ヤコウには読めなかった。挿絵を見る限りでは、どうやら神話や伝承を集めたものらしい。そのうちに、真ん中辺りの頁が光り始めた。

ここにも、眠りの物語が？

ソウシがいい夜だと言った理由が、わかった気がした。

月の片割れの忘れ物

tsuki no kataware no
wasuremono

その昔、円了の大地と海とが生まれる以前、世界とは、星の海のことであった。天も地もなく、あるのは上下左右へ永遠に広がる暗闇のみ。その中で、星たちは生きていた。

孜円と可栄とは、二つ並んだ姉妹星だ。青く冷たく光る孜円が姉、白く輝く可栄が妹だ。二つの星は仲睦まじく空を巡り、日輪が姿を現すと、揃って眠りについた。そしてまた、日輪が通り過ぎると星雲の寝床から起き出すのである。

あるとき、二人のもとを旅人が訪ねた。彼は「月の片割れ」だった。

満ちているとき月は一つだが、月が欠け始めると、欠けた部分が「月の片割れ」として、自由な旅に出る。片割れが遠くへ行くほどに、残った月は小さくなる。月が消えかけて初めて片割れは気付き、空を巡って帰ると、また一つの満ちた月となるのだ。

「こんばんは、月の片割れさん」

「こんばんは、孜円さんに可栄さん」

月の片割れの声は、金色の柔らかな光のようだった。澄んだまなざしに、可栄は恥ずかしがって姉の陰に隠れた。

「これ、挨拶なさい、可栄」

「だって、姉さん」

隠れていても、可栄の方が輝きは強い。どこにいるかすぐにわかってしまう。月の片割れは笑った。

「よいのですよ。孜円さん、どうかお気になさらないで。僕は今回の旅で、たまたまこの辺りの空へ寄ってみようと思ってきたのです。可栄さん、どうぞよろしく」

可栄は姉の陰で小さく会釈(えしゃく)をした。

「この辺りの空は住みよいですか」と、月の片割れが尋(たず)ねる。

「ええ、とても」と、答えたのは孜円だ。

「よい星ばかりですし、東には箒星(ほうきぼし)たちの遊び場もあります。星雲はふかふかでぐっすりと眠れます。ああ、西の真っ赤な星は、私たちの先生なんです」

「それはいいですね」

姉妹は星蜜団子(ほしみつだんご)と箒星のしっぽのお茶で彼をもてなした。彼が旅立ち、しばらくして、可栄が気付いた。

「姉さん、大変。忘れものだわ」

椅子の下に、彼の白銀色の鞄が置かれていた。

「まあ本当。どうしましょう」

「追いかけましょう」

「可栄、それは間に合わないわ」

もうすぐ日輪が昇ってくる。白い光に照らされると、星たちは何も見ることができなくなってしまうから、布団にもぐって眠るのだ。

「目が覚めてから、考えましょう」

そう決めて、孜円と可栄は床に就いた。

日輪が過ぎ去った頃、先に目を覚ました可栄は、おかしな物音を聞いた。鳴き声のようだ。何かがきゅうきゅうと鳴いている。目をこすりながら起き上がり、まだ紫色の空を見渡すと、月の片割れの残していった、白銀色の鞄がもぞもぞと動いていた。

「姉さん、姉さん！」

怖がりの可栄は、慌てて姉を揺り起こす。

「どうしたの、こんな早くに」

「姉さん、あれを」

しっかり者の孜円は、妹に下がっておいでと言うと、鞄を開けた。途端に飛び出した何かに、可栄が身をすくませて目を閉じる。

「なあんだ、可栄、目を開けてごらんなさい」

おそるおそる目を開けると、孜円が抱いていたのは、狐星の赤ん坊だった。紅色の小さな狐星は、二つの星を交互に見てはきゅうきゅうと鳴いた。

「お腹が空いているんだわ」

「姉さん、私、星蜜団子を持ってくるわ」

黄色くて甘い星蜜団子をちぎって鼻の前に差し出すと、子狐星はぱくりと食べた。可栄は次々と星蜜団子をちぎって食べさせる。お腹がいっぱいになると、子狐星は星雲の上で丸くなり、自分の尾を枕に眠った。

「どうしましょう、この子」と、声をひそめて可栄が尋ねる。

「もちろん、月の片割れさんにお返ししましょう。きっと、あの方の大切な子だから」

「忘れていったのに、ですか」

可栄が頬を膨らませると、その頬を孜円がつついた。

「忘れたことに気が付いても、戻ってこられないのですよ。月の片割れさんの旅は、いつだって一方通行。戻り道はできないのです」

東の空には月が昇っている。半分を過ぎた細い月。でも、まだ月の片割れは折り返さない。

「月の片割れさんが帰る頃に、月へ届けに行きましょうか」

「じゃあ、それまでこの子はここに置いてもいいの？」

「ええ」

姉の言葉に喜んで、可栄は眠っている子狐星を撫でた。子狐星はまだほんの小さな星で、言葉を喋ることもできない。ここがどこかもわからないだろう。

「大切にお預かりしましょう」

それから孜円と可栄は、夜は子狐星と空を駆け回って遊び、日輪が現れると、子狐星を二つの星の間に挟んで、星雲にくるまって眠った。

そのうちに、月の姿が見えなくなった。

「ああ、月の片割れさんが帰り始めるわ」

月の片割れの旅は、いつだって一方通行。帰るときには、姉妹のもとは通らない。

「この子を月まで返しに行かなければね」

孜円の言葉を聞いて、可栄は子狐星に頬ずりをした。

「可栄、寂しいのはわかるけど、仕方ないわ」

「わかってるわ、姉さん。この子は月の片割れさんの大切な子だもの」

けれど、子狐星を月へ返しに行く前夜、孜円が目を覚ますと、可栄と子狐星の姿がなかった。

「可栄、どこです」

空はしんと静まり返っていた。

「あの子たちはどこへ行ったのかしら」

孜円は周りの星たちに訊いてみたが、どの星も、可栄と子狐星を見ていないと言う。箒星たちの遊び場にも行ってみたが、箒星たちは口を揃えて知らないと言った。

「その子狐星は何色なの」と、箒星の一つが尋ねた。

「紅色よ。日輪が沈む前に、一瞬見える色みたいなきれいな紅色」

するとその箒星は、それなら見たかもしれない、と言った。

「綺羅星川の方でその色の星を見たよ。あれがそうだったのかもしれない」

すると別の箒星が言った。

「綺羅星川？　それはよくない」

「どうして？」

孜円が尋ねると、その箒星は震えながら言った。

「このところ日輪の通り道が少し違っていて、綺羅星川の辺りは前よりも寒くなっているのです。川べりの花は凍っているし、水が増えて流された星もいるとか」

「大変！」

孜円はすぐさま綺羅星川へと向かった。空を流れる水は白くて、流されたら遠くの空まで行ってしまう。そのまま戻ってこられないこともある。

もし可栄と子狐星が流されてしまったらどうしよう。そう考えると、孜円の体は冷たくなって、涙がぽろぽろとこぼれては星屑になった。

行く先に、白い流れが見えてくる。

「可栄、どこです、可栄！」

白い水しぶきが霧になって、辺りはよく見えなかった。箒星の言った通り、花も土も凍っていて、孜円は寒さと心細さに震えていた。青い光は弱々しくなる。

「可栄！」

涙ながらに叫ぶと、霧の向こうから声が聞こえた。

白と紅の光が、霧を透かしてやってくる。

「可栄！　子狐星も！　無事なのですね」

子狐星を抱いた可栄は、手に花を数本持っていた。

「ごめんなさい、姉さん。この子が早くに起き出して、星蜜団子が食べたいと駄々をこねるから。でも、もう蜜がなかったでしょう？　だから花を取りに来たら、みんな凍っていて。凍っていない花を探していたら時間がかかってしまったわ。この子は寝てしまうし」

孜円は可栄と子狐星をぎゅっと抱きしめた。

「それなら私も連れて行ってちょうだい。心配したのよ」

「ごめんなさい。もっと早く帰れると思ったから」

可栄がしゅんとすると、白い光がゆらゆらと揺れた。孜円は可栄の頬を優しく撫でた。辺りの霧が晴れていく。

「さあ、帰ってみんなで星蜜団子を作りましょう」

「はい、姉さん」

子狐星が、眠りながらきゅうきゅうと鳴いた。姉妹は顔を見合わせて、ひそやかに笑った。

その日は子狐星の好きな遊びをして、星蜜団子をお腹いっぱい食べた。子狐星はきゅうきゅうと笑い、それを見て孜円と可栄も笑った。

日輪が昇る頃、星雲の布団にくるまった。先に沈んだ月は満月に近く、明日には、月の片割れが帰ってくるのだ。孜円は尋ねた。

「明日、この子を返してしまうけれど」

子狐星は星雲の中で丸くなり、尻尾を枕に寝息を立てていた。

「寂しくないの？」

「寂しいわ」

可栄が答える。

「でも、また会えるもの。明日だって同じよ。お別れしてしまうけど、でも、明日はまたこの子に会える。一緒に月まで行けるの。寂しいのと同じくらい、それが楽しみで仕方がないの。寂しいのはむしろ、眠っている間。目覚めれば、この子と姉さんにまた会えるのだもの」

可栄の言葉がうれしくて、孜円は泣きそうだった。

「そうね。明日も、この子と可栄に会えるわね」

それから二つの星は、子狐星を撫でて眠った。

やがて昇ってきた日輪は、星たちの頭上をゆっくりと通り過ぎていった。

意識が物語の中から宿屋の一階へと戻ってくると、ヤコウは本を閉じた。光は、綺羅星川の霧の向こうに見えた可栄のように微かだが、まだ本にとどまっている。それを脇に抱え、燭燈を手にヤコウは階段を上る。

目覚めてまた会うために眠るのだという可栄の言葉が、ヤコウの心に染(し)み込んでいく。たとえ別れの日であっても、会えることはうれしいのだと。

そうか。ラゴが見せてくれた記憶の中で、座長もそれでいいのだと言っていた。十分満足していると。あのときのヤコウは子狐星のようなもので、座長は、あの日ヤコウに会えたこと自体を、言葉を交わせたこと自体を、喜んでくれていたのかもしれない。

そう思うと、ほっとすると同時に、ヤコウは清々(すがすが)しい気持ちになった。

ヤコウはずっと自分の心残りを悔いていたけれど、星の姉妹が子狐星のためにあれこれしていたように、座長には心残りはなかったのだろう。あるとすれば、それは一座に対しての思いで、ヤコウ個人への思いとは、少し違ったのだろう。

泣かないで。どうか、日々を笑って過ごしていてくれ。

ラゴの思いが蘇(よみがえ)る。

これからはそうするよ。すぐには無理かもしれないけど、少しずつ。長い間、心配かけてごめんなと、ヤコウは胸に手を当てる。そこにラゴやハクドウがいる気がして、本を持つ手の甲で、涙を拭いた。

言葉を持たない生き物や文明の記憶に触れる。そのことにも、だいぶ慣れてきたらしい。最初に岩山で烏の記憶に触れたときに比べれば、戸惑うことはなくなった。だが、そのたびに思う。

ソウシは彼らの記憶を、何のために集めているのだろう。あの物語を集めた本を、どうするというのだろう。

今までにソウシから聞いた中で、気になることがあった。

眠るのが怖くなったのは、およそ二百年前だと言っていた。ソウシが術師になったのは、その頃だということだろうか。

二百年前、術師。その二つの言葉から思い浮かぶのは、銀盞国の眠り姫の物語だ。

一国の姫に眠り続ける呪いをかけた術師は、追っ手から逃れてどこかへ消えたという。だから、姫は今も眠ったままなのだと。

まさか、とは思う。だが、ヤコウの足は踊り場で止まる。二階に人影はなく、物音もしない。少し迷ったあとで、ヤコウは一階へと引き返した。ほのかな光を纏う本を机に置き、燭燈を翳して本棚の背表紙を順に読む。著者の名前順に並んでいるので、分野がばらばらだ。

翠玲（スイレイ）国文学全集、翠玲芸術の歩み、連羊（レンヨウ）国文化史、軍事記録、算術書。その次に、求めていたものはあった。『古今（ここん）術師逸話（いつわ）集』だ。ヤコウは本を手に取り、逸（はや）る気持ちを抑えて目次を開いた。

捕らえられた術師が牢番を騙（だま）して牢獄から消え失せる話や、精霊を従えた術師が洪水を引き起こして町を飲み込む話など、ヤコウもよく知る、術師を悪役とする物語の中に、それはあった。

銀盞国の眠り姫。

術師の名が記されているかはわからないが、ソウシに繋がる情報があるかもしれない。

そう思いながら、ヤコウは頁（ページ）をめくれなかった。指先が震える。

もし本当に、ソウシが銀盞国の姫を呪いで眠らせた術師だったら、どうすればいいのだろう。彼が悪い人だとは思えない。しかしそんなものは単なる印象に過ぎず、ヤコウがソウシのことを深く知らないという事実に変わりはない。

もし彼が罪人だったとしたら。自分はこれから、ソウシにどう接したらいいのだろう。

彼が見せてくれた様々な物語と、彼の言葉のおかげで、ヤコウは前に進めた。自分一人ではずっと、同じ場所をぐるぐると回っていただけだろう。だが、もしこの本に、白い髪と若葉色の瞳の術師のことが、彼の友人の樫（かし）の木の精霊のことが書かれていたら。自分は、これからどうすればいいのだろう。

「どうしました」

「うわぁ！」

突然耳元で聞こえた声にヤコウは飛び上がり、反射的に本を閉じた。本を背に隠して振り返ると、思った通りソウシがいた。白い髪と肌が、暗闇に青白く浮かび上がっている。

「帰りが遅いので何かあったのかと思いましたが、おもしろい本でも見つけましたか」

「いや、べつに」

そそくさと、ヤコウは本を棚に戻す。

「そうですか？　読書はいいものですよ。興味のあるものは何でも読んだ方がいい。若いうちならなおさらです。僕も、ずいぶんと読みましたからねぇ」

ヤコウの選んだ本には興味がないのか、机の上に置きっぱなしだった神話の本に彼は手を触れた。微かだった輝きが彼の手に集まり、息を吹きかけると、また一枚の紙へと変わる。今度の頁は、青、白、紅、金色が交じり合った複雑な色合いだ。その上を見えない筆が走るかのように、次々と物語が記されていく。

深緑色の布張りの本に新たな頁を挟み込んで外套にしまうと、光の消えた神話の本を、彼は暗がりの中で容易に見つけた本棚の隙間(すきま)に差し込んだ。

「ソウシ、あのさ」

速くなる鼓動を隠して尋ねる。

「なんです？」

「次は、どこへ向かうの」

「そうですね……眠りの物語はもう」

そのとき、ドンドン、と宿の扉が叩かれた。ヤコウとソウシは顔を見合わせる。もう一度、扉が叩かれる。誰かが拳で強く叩いている。

「誰だろう」

もう真夜中を過ぎているのに。

「宿の人、いないのかな」

一階が真っ暗なのは、下りてきたときに調べた。厨房(ちゅうぼう)の方を覗(のぞ)き込む。

「誰かいませんか？　人が来たみたいなんですけど」

返事はない。ヤコウはソウシを振り向いて首を傾(かし)げた。

「とりあえず、俺出てみますね」

玄関へと走り、鍵を開ける。

「あ、待って、ヤコウ」

扉を開けると、なだれ込むように入ってきたのは、揃いの黒い着物を纏った雁慶の役人たちだった。その勢いに負け、ヤコウは宿の中へと押し戻される。

「おかしな様子の者が泊まっていると、通報があった」

先頭の男が厳めしい顔で言う。

「通報？」

「白い髪の若い男だ。怪しげな身なりをしていると。番所の役人は、そのような者を通した覚えはないと言っている」

あ。ちらりとソウシに目をやると、ヤコウの視線を追い、役人も気付いた。

「貴様か、不法侵入者は！」

「ヤコウ！　走りなさい！」

二つの声が同時に聞こえ、ヤコウは何を考える間もなくソウシに続いて階段を駆け上がった。役人たちがあとから追ってくる。

「なるほど、宿の主人は通報しに行っていたようですね」

そんなに速く走れたのかと思うほど、ソウシの身のこなしは素早かった。裾の長い着物も外套も、足に絡む様子はない。

「ソウシ！　二階はだめだ！　追い詰められる！」

「いいえ。緑禅！」

ソウシの横に緑禅が現れる。三人同時に部屋に飛び込むと、ヤコウはすばやく鍵をかけた。役人が廊下で何事か喚いたかと思うと、扉に体当たりを始めた。ぶつかるたびに蝶番が軋む。

「ソウシ、どうすんだよ、これ！」

泣きそうなヤコウの顔を見て、ソウシは噴き出した。

「笑ってる場合か！」

「いや、ね、大丈夫ですよ。泣かないで。ラゴも言っていたでしょう」

「もう子供じゃない！」

ソウシに坊ちゃん扱いされるのはごめんだ。扉への体当たりが強くなり、思わず怯んだその間に、ソウシは窓を開け放った。それから緑禅と目を合わせ、一つ頷く。

「ヤコウ、本はいっぱいになりました。必要な物語は、すべて集まったのです」

窓から夜風が吹き込む。夜の冷たさの中に、眠る植物と土との匂いがする。

「これから僕たちは、さらに西へ向かいます。僕の故郷、銀盞国へ」

ヤコウは目を瞠る。

銀盞。やはり、ソウシは。

だがそれ以前に、ソウシが「僕たちは」と言ったことに衝撃を受けていた。その中に、ヤコウは含まれていない。ソウシと緑禅は、ヤコウと向かい合って立っている。同じ方向を向いてはいない。

「俺とはここでお別れってこと？」

こんなに急に、別れの瞬間がやってくるなんて。たしかに西礼(セイライ)で、眠りの物語が集まるまでと約束したが。

よほど寂しげな顔をしていたのか、ソウシと緑禅がくすりと笑った。

「そんな顔しないで、ヤコウ」

「だって」

「ここでお別れ。本当はそう思っていたのですが」

ソウシはもったいぶったように言う。

「君さえよければ、僕たちと一緒に来てもらえませんか。この先も」

銀盞国へ。

「君に話したいことが、知ってもらいたいことが、まだたくさんあるのです」

喜びが胸の内に広がる。

「行くよ！　俺で、よければ！」

大袈裟(おおげさ)なほど頷くヤコウに、術師と精霊はまた笑う。ヤコウは急いで外套を着込み、行李を背負う。差し出された手を握る。

「さあ、こっちへ。ヤコウ、緑禅につかまって」

「つかまるったって、緑禅には触れないよ」

「今なら大丈夫」

ソウシはヤコウの手を掴み、緑禅の驢馬のような首に触らせる。絹糸のように柔らかく、しっとりとした毛並みがそこにあった。

「えっ」

思わず手を引っ込めようとするのを、緑禅に跨(また)がったソウシが制す。

「離さないで。しっかりと、つかまっていてくださいね」

「触れていいのは今だけですからね」と、少し嫌そうに緑禅が言った。

「あと、角にはけして触らないように」

部屋の扉は男たちの体当たりですっかり歪み、蝶番が扉ごと吹き飛ぶのも時間の問題に思えた。

「行きますよ」

ソウシが言うと、緑禅が床を蹴った。ふわりと体が浮き、ヤコウの足も床から離れる。

緑禅はそのまま宙を駆けて窓から外へ出て行く。息を呑み、足元の頼りなさにヤコウが思わず両足をばたつかせると、緑禅に冷たい声で「静かになさい」と叱(しか)られた。

あっという間に宿の屋根を見下ろす高さまで上った。開けられたままの窓から、部屋の扉は破られ、役人たちがヤコウたちの行方を捜すのが見えた。窓から下を覗き込んでいる者もいて、ヤコウはとっさに顔を隠す。

「大丈夫ですよ」と、ソウシが言った。

「あなたは初めから見ることができていたけど、普通の人には、緑禅の姿は見えないでしょう？　それと同じです。あなたが緑禅に触れるようになったのは、緑禅が実体を持ったのではなく、あなたが精霊と同じくらいまで実体を失ったのです」

普通ではない状況で、彼の言葉を理解するのに時間がかかった。

実体を失った？　それは、大丈夫だと言えるのだろうか。

「だから、彼らに僕たちの姿は見えません」

ヤコウは緑禅の首に抱き着いたまま、体を宙に投げ出している格好なのだが、そういえば自分の体の重みを感じない。そう気付いた途端、ぞわりとした。

「では、行こうか緑禅」

ソウシが明るい声で言う。

「はい、ソウシ」

「懐かしい、銀盞へ」

見上げたソウシの微笑みは、あまりにも儚かった。

第五章

緑禅が空を駆け上がる。星空の中は凍えるほど寒いはずなのに、ぬるま湯の中にいるかのように、体と外との境目がわからない。感じないのは寒さだけではない。風も音も、匂いもない。時間までが止まったかのようだ。

遥か下を流れていく大地は、まるで安っぽい模型のようで現実感はなく、いくら駆けても夜空の星は動かなかった。

自分は今、息をしているのだろうか。そんなことさえ不安になる。

聞こえるのは時折言葉を交わすソウシと緑禅の声くらいだが、それも耳で聞くというよりは、頭の中に直接響いているようだった。以前、雉を狩ったときと似ている。

西の空は常に暗く、そこを目指しているということは、夜は永遠に明けないのではないかと思われた。緑禅は蹄のある脚で、ゆったりと、まるで背中に乗せた子供をあやすかのように駆け、人形劇の舞台のような景色の中を飛んでいく。

銀盞国。

いったいどんなところだろう。銀の盃を意味する国名は雅な印象ではあるが、地図の左端にひっそりとあるのを見たことがあるだけで、そこにどんな自然があり、空が広がり、人々がどんな花を愛し、何を誇って暮らしているのか、ヤコウは知らない。

そしてわからないと言えば、もう一つ。どうしてソウシは心変わりしたのだろう。

「ソウシ、一つ、訊いていい？」

口に出したつもりだったが、声にはならなかった。しかし、ソウシには届いていた。

「なんです？」

返事は頭の中に流れ込んでくる。

「俺に一緒に来てほしいって、どうして？　話したいことって何？」

「話したいことについては、また後ほど。ひとまず君を連れて行きたい理由を話しましょうか。ヤコウ、怒らないでくださいね」

いたずらっぽく笑って、ソウシは続ける。

「西礼で、君が自分のことを話してくれた夜、君はぐっすり眠っていましたね。そのとき、君の荷物の中にあった物語を、読ませてもらいました」

ソウシはヤコウの背中の行李を指す。

「俺の荷物の中の、物語？」

　心当たりがなく、ヤコウは首を傾げた。

「君の帳簿。茶色い表紙の帳簿です。あの中に、白い花が挟まれていたでしょう」

　白い花。もしやと、ヤコウは顔を上げる。

「蛍火草(ほたるびそう)……？」

　行商に訪れた霞涼(カリヨウ)村で、術師を騙(かた)る詐欺師を追い払ったとき、村の少女からもらった花だ。しおれても捨てるのは忍びなく、ヤコウは帳簿に挟んで押し花にしていた。

「あの花に宿っていた物語を読みました。あなたの出会った、幼い少女の記憶を」

「え、ちょっと待って」と、ヤコウは話を遮(さえぎ)る。

「ソウシが物語を読めるのは、文字や言葉を持たない者だけなんじゃ……人間の記憶も読めるの？」

　ソウシは首を横に振る。

「人間でも、まだ十分に言葉を扱えない、幼子の記憶なら読めるのです。あの花には、村を守ってくれた勇敢な君への、感謝のまなざしが込められていた」

　村を去るとき、意を決したように花を渡してくれた少女の姿を思い出す。一輪の花を、両手で大事そうに差し出してくれた。

「君はあの少女の村を守っただけではないのです」

「え？」

「君は、銀盞の術師の名誉までも守ってくれた」

そんな大それたことをしたつもりもなくて、ヤコウは困ってしまった。偶然居合わせ、後悔しないよう行動した、ただそれだけのことだったのに。

「偶然でも、君にとっては当たり前のことをしただけでも、僕はうれしかったですよ。銀盞国の術師というだけで、世間では悪人や恐怖の象徴のように思われている。だからこそ、村に現れた彼もそれを利用して、金品を巻き上げようとしたのでしょう。村の人たちも、彼の言葉を信じて怯(おび)えた。膝(ひざ)をついた。でも君は、冷静に目の前の男を見て、術師ですらないと判断した。銀盞の術師を名乗る者の正体を暴き、悪事を止めてくれた」

「大袈裟(おおげさ)だよ」

「そんなことはありません。緑禅だって喜んでいたのですから」

緑禅は小さく頭を揺らした。

そうか、とヤコウは気付く。雁慶(ガンケイ)で、落とした帳簿を緑禅が真っ先に拾ってくれたのはそういうことだったのか。あのとき緑禅の態度が柔らかくなったと感じたのも、西礼で少女の物語を読んだから。

「まいったな」

照れくさくても、緑禅の首からぶら下がっているだけに、視線さえも思うように逸らせないのがもどかしい。

「でも、二人が喜んでくれたのなら、よかったよ」

白い光が背後から差した。終わらないと思われていた星空に初めて変化があった。夜明けだ。眼下に広がる作り物のような黒い大陸を朝日が照らし、それらがようやく森だとわかる。山もある。湖もある。町をいくつも通り過ぎ、太陽が全身を現した頃、もうすぐです、とソウシが言った。緑禅が速度を落とし、地表へと近付いていく。

西の果てにある小さな大陸の中の、小さな国。ソウシの話では、大陸にはいくつかの国があるというが、空から国境は見えなかった。それでも彼には、国の境が明確にわかるらしい。銀盞へ入ったと自ら告げた瞬間に、表情が変わった。緑禅は港町を飛び越え、草原の町を過ぎ、湖畔の村を見下ろして、尚も西へと駆けた。

やがて二つの山がくの字型にぶつかるところに、山を背にした扇形の街が見えた。緑禅が目指しているのはその街のようだ。

大通りが一本、街の中心を通っており、そこから枝分かれした道は少し先でまた分かれ、徐々に細くなりながら、街の端まで続いている。大通りの突き当たりには、上空からでもわかるほどの広大な敷地を朱色の塀で囲った、左右対称の宮殿が見えた。ちょうど扇の要の位置にあり、背にした山が天然の要害となって守られている。

「ここは？」

「銀盞国の首都、朱天嶺です」

尋ねると、答えたのは緑禅だった。

「あの背後の山が秋には真っ赤に染まるので、朱天嶺と名がついたのです。もう一月もすれば、見違えます」

いつの間にか、風や匂いを感じるようになっていた。緑禅も口を動かして喋っている。晩秋の早朝の空気は、凍りそうなほど冷たく、手はあっという間にかじかんだ。今手が離れたら、地上まで真っ逆さまだ。

「そして、あそこに見えるのが朱天宮です」

宮殿をぎょろりと見下ろし、淡々と緑禅は言う。

「現皇帝、蓬虎月の住む宮殿です」

「皇帝の宮殿？」

ヤコウは思わず声を上げた。緑禅がまさにその宮殿へ向かい、降り立とうとしていたからだ。

「ソウシ、降りますよ。よろしいですね」

　朱天嶺の大通りの突き当たり、宮殿前の広場へと向けて、緑禅は降下した。

「え、ちょっと、大丈夫なの？」

「何がです？」と、緑禅が訊き返す。

「だって、番所を通さずに入ったから雁慶であんなことになったのに、上からいきなり街の中に入って。しかも皇帝の宮殿の目の前って」

「問題ありません。ソウシが咎められる理由は一切ありません」

　緑禅の声は怒っているようにも聞こえた。ソウシの故郷だから大丈夫だということなのか。当のソウシ本人は、朱天嶺が見え始めた頃から黙ったままだ。その厳しい横顔は、何かと戦っているようにも見えた。

「いや、ソウシが平気でも俺は」

「堂々としていなさい、ヤコウ！」

「は、はい！」

　これ以上反論しても、ますます緑禅の機嫌を損ねそうで、ヤコウは口を噤んだ。銀盞のどこを目指しているのか、先に聞いておけばよかったと、このときになってようやく思った。

まだ朝霧に包まれた朱天宮前広場に、緑禅は降り立った。ヤコウは地面に尻もちをつきながら、やっと緑禅の首から手を離す。かじかんだ手に息を吐きかけ、辺りを見回す。大通りは東西へ伸びており、向こうから昇ってきた朝日が、まっすぐに朱天宮を照らしている。大通りは光の道となり、都の全貌が明らかになっていく。だがそれは、空の上でヤコウが想像したものとは、やや違っていた。

上空からは整然とした都のように見えたが、地上で同じ高さに立ってみると、街は思いのほかさびれていた。首都の宮殿前の大通り沿いだというのに、長く使われた形跡のない建物が目立つ。家屋は低く、どれも古びていた。それは朱天宮も同じで、塀に塗られた朱色の塗料は目を引くが、よく見ると塀や門は木の部分が傷んでいる。板のささくれ立ったところまで、強い光は顕にしてしまう。

「何百年も前の由緒正しい宮殿なのですが、近頃は修繕も行き届いていないようですね」

いつの間にか緑禅の背から降りていたソウシは、ヤコウの視線を追って呟いた。朝日で金色に光る霧の中で、彼の姿は神々しささえ感じられた。黒絹の外套が、霧の粒を纏って輝いている。

「昔はこの時間でも、朝食の支度をする女官たちの活気が感じられたものですが」

耳を澄ませても、人の声や足音といったものは聞こえなかった。

「でもいい匂いがするよ。なんだろう」

霧に紛れて、甘い香りが漂ってくる。

「門の一部に香木を使っているのです」

「へえ、詳しいんだね」

そんな話をしていると、門の方から、がちゃがちゃと重たい足音が二つ、こちらへ向かってきた。霧を払って現れたのは、朱色の鎧に房飾り付きの槍を携えた兵士だ。ヤコウはとっさに緑禅の後ろに隠れたが、意味はなかった。

「私の姿なら、彼らには見えていませんよ。あなたは丸見えです」と、緑禅は鼻で笑う。

「何者だ！」

兵士たちの鎧は、朱色を基に銀糸が使われた雅なものだった。宮殿の衛兵たちだ。彼らはソウシに槍の先を向けるが、彼の顔を見た途端、すぐに怯んだように槍を収めた。

「失礼いたしました」

深々と頭を下げ、一人は左手で、宮殿の塀が続く北の方角を指した。

「どうぞ、お通りください」

「ありがとう。ご苦労様」

ソウシは一つ頷くと、黒絹の外套を翻して、兵士の示した方角へと向かった。緑禅が続き、ヤコウがそのあとを追う。振り向くと、兵士たちはまだこちらへ頭を下げたままだった。以前は否定していたが、ソウシはやはり位の高い人物なのではないだろうか。

「どういうこと？　ソウシ、どこへ行くの？」

尋ねても、ソウシは答えない。緑禅が囁くように、ついてくればわかります、と言った。

「だから、今は訊かないで」と。

朱天宮の塀伝いに歩くと、朱色の塀の端の方に、突然扉が現れた。こちらには兵士はおらず、やけに静かだった。

塗りの剝げた朱色の、観音開きの扉を開ける。すると、その先は庭園だった。楓や梅や桃の木が植えられ、白い玉砂利と敷石で造られた道の脇には、緑の苔が厚く繁茂している。小さいが池もあり、そのほとりでは柳が風に揺られていた。

道は古風な館へと続いていた。壁や柱、屋根の瓦までもが墨色で、入り口の扉だけが朱色をしていた。ヤコウは偽の術師と会った霞涼村を思い出す。あの村では、赤い扉は福を呼び込むとされていたが、銀盞にも似たような風習があるのだろうか。庭に面した回廊には、赤い紙を張った吊灯籠が点々と下げられており、周囲の霧まで色づいて鮮やかだった。

庭と館とは、周囲を塀と同じ色の壁で囲まれていた。ここは朱天宮の一部でありながら、外からしか出入りができないようになっているらしい。

朱色の扉の前には、老人が一人、待っていた。ソウシの姿を見とめ、恭しく頭を下げる。

「おかえりなさいませ、ソウシリョウ様」

たしかにそう聞こえた。

ソウシリョウ?

「久しぶりですね」と、ソウシが応じる。

頭を上げた老人の顔に、うれしそうなしわが寄る。

「ご無事のお帰り、そしてお変わりないご様子にも安堵いたしました」

「それは嫌味ですか」

ソウシは苦笑する。

「何をおっしゃいますやら。心よりの言葉でございますよ」

「君も元気そうですね」

「それこそ嫌味でございますよ、ソウシリョウ様。こんなにしわが増えて、腰も曲がりましたのに」

そう言って、彼は笑う。よく知った間柄なのか、二人の会話に堅苦しさはなかった。老人は物腰が柔らかく、仕草は上品だ。

「緑禅もご一緒ですかな」

「ええ、ここに」

老人には見えないようで、ソウシが手で緑禅のいる場所を示すと、彼はそちらを見て優しく笑った。緑禅は金色の角を下げて礼をする。

「そうですか。それは何よりです」

頷き、次に老人は後方のヤコウを見る。

「そちらのお方は、どなた様でございましょう」

尋ねられ、ヤコウは背筋を伸ばした。髪を結んだ紐(ひも)の、翡翠(ひすい)の玉がちゃらりと音を立てる。

「ヤコウと申します」

行李を背負った行商人にはおよそ似つかわしくない場所で、ヤコウは緊張していた。ソウシたちからは何の説明もなく、いろいろなことが次々に起こるので、何が何やらわからない。

「僕の友人です。翠玲(スイレイ)から連れて来てしまいました。もてなしてやってください」

ソウシが言うと、老人は、それはそれはと頭を下げた。

「わたくしは霖雨(リンウ)と申します。代々、この館に仕(つか)えている一族の者でございます。どうぞお見知りおきを」

丁寧な挨拶に、ヤコウは恐縮するばかりだった。

「さあ、長旅でお疲れでしょう。どうぞお入りくださいませ」

霖雨老人に招かれて、ソウシを先頭に朱色の扉をくぐる。

館の中は落ち着いた、品の良い調度品が並んでいて、そして、とても静かだった。ほかにも働いている人はいるらしく、物音は聞こえるものの、とてもひそやかだ。廊下の軋む音の方が大きいほどに。

「もしかして、ここ、ソウシの家？」

緑禅に囁くと、彼は長い尾を振っただけで、肯定か否定かもわからなかった。

「ヤコウ様は、緑禅とお話しができるのですね」

先頭を歩きながら、少し体を斜めにして、霖雨老人が訊いた。

「あ、はい」

「羨ましゅうございます。わたくしは、ソウシリョウ様に描いていただいた絵でしか、緑禅の姿を見たことがないのです」

「懐かしいですね」と言うソウシの声は、楽しそうだった。

「あの絵は緑禅からは不評でした。まったく似ていないと怒られたものです」

「おやおや、わたくしはあの絵の通りの姿をしていると、今日まで信じてまいりましたのに」

品よく笑って、霖雨老人は前を向く。その背に、ソウシが問いかける。

「霖雨、いくつになりましたか」

「七十を過ぎました。以前にお会いしたのは二十四のときでございましたから、四十七年ぶりでございますね」

「もう、そんなに」

ソウシは深く息を吐く。その後ろ姿は、年月の過ぎる速さに打ちのめされているように見えた。

「以前お目にかかったあとに、娘が生まれました。娘は不運にもソウシリョウ様にお会いできぬままこの世を去りましたが、幸いなことに孫娘がおります。昼前には参ります。ソウシリョウ様にお目にかかれる日を、待ち望んでおりました」

「それは、僕もです」

廊下の分かれるところまで来ると、ソウシが言った。

「僕はここまでで結構です。ヤコウを案内してあげてください」

「かしこまりました」

「僕はしばらく休ませてもらいますね」

廊下を右に曲がるソウシのあとを、緑禅が追っていく。二人にとっては案内もいらない、勝手知ったる場所ではあるようだ。

「緑禅も行きましたでしょうか」と、霖雨老人がヤコウに尋ねた。

「ええ、ついて行きましたね」

「ヤコウ様にもお部屋をご用意させていただきました。どうぞ、こちらへ」

その呼び方はくすぐったいからやめてほしいと思いつつ、言い出せないまま、ヤコウは彼の後ろを歩く。

ヤコウが案内されたのは、庭に面した眺めのいい客間だった。格子戸を開けると外から見えた回廊に繋がっており、赤い吊灯籠にはまだ火が灯っていた。朝霧は晴れ、庭の景色はよりはっきりと、鮮やかに見えた。空気の冷たさもやわらいで、風はさわやかだ。

霖雨老人は一度席を外すと、朝食の粥と茶、果物を運んできてくれた。

「わたくしにはよくわかりませんが、ここまではソウシリョウ様の術でいらしたのでは？」

驚きつつ肯定すると、彼は部屋の卓に朝食を並べて言った。

「でしたら、さぞお疲れでしょう。お召し上がりになったら、お休みになるとよろしいですよ」

この親切な老人を、ヤコウは思い切って茶に誘ってみた。彼は困った様子だったが、客の誘いを断るのも無礼と思ったのか、勧（すす）めに従ってヤコウと同じ卓に着いた。ヤコウは慌（あわ）てる霖雨老人を制して茶碗に茶を注ぎ、行李から出した、干し杏（あんず）や胡桃（くるみ）と一緒に彼の前に並べた。

「これはこれは、痛み入ります。よろしいのですか」

「もちろんです。お礼を言いたいのはこっちですから。急に来て、こんな立派な部屋をあてがってもらって。俺はただ、ついてきただけなのに」

ヤコウが粥に口を付けると、雨月老人も恐縮しつつ、茶碗を手に持った。粥はほんのりと甘くてうまかった。米も水もよいものだとわかる。

「ヤコウ様は、翠玲国でソウシリョウ様と知り合われたのですか」

床に置かれたヤコウの行李を見て、老人が尋ねる。

「ええ」

ヤコウは粥を一気に平らげ、匙（さじ）を置く。

「霖雨さん、そのことでお聞きしたいことがあるんですが」

「なんでございましょう」

「ソウシリョウ、というのが、あの人の本当の名前なんですか？」

霖雨老人は、きょとんとして目を瞬く。

「俺は、ソウシ、としか聞いていないんです。だからずっとそう呼んできました。朱天宮の兵士が、ソウシに頭を下げていました。この国が故郷だとは聞いたけど……あの人は、いったい何者なんですか」

術師であることを咎められることもなく、むしろ兵士たちは彼に敬意を払っているように見えた。朱天宮の一部であるこの館にも自由に出入りすることができる。わけのわからないことばかりだ。

「申し訳ございませんが、ヤコウ様、ソウシリョウ様ご自身が何もお話しになっていないのであれば、わたくしの口から勝手に語るわけにもまいりません」

彼がそう言って目を伏せたとき、風が吹いて、格子戸から一枚の葉が部屋の中へと舞い込んできた。外の池のほとりにあった柳の葉だ。卓の上に落ちる葉を見て、霖雨老人が笑った。

「お許しが出たようです」

「ソウシが、これを?」

「はい」

老人は目を閉じ、しばらくすると、決意したようにまた目を開いた。

「あの方のお名前は、霜司竜(ソウシリョウ)。霜(しも)を司(つかさど)る竜、と書きます」

正字だ。高貴な者にしか、与えられない文字。

「ヤコウ様は、銀盞国の眠り姫の物語をご存じですかな?」

どきりとして、ヤコウは頷く。やはりそのことにソウシは関わっているのか。

「銀盞国のお姫様が術師の呪術で眠らされたっていう、あの話ですよね」

「そうでございます」

「将軍が術師を捕らえて首を刎(は)ねたけれど、術師は実は生きていて、だから今もお姫様は眠ったままだと……あれは、本当の話なんですか?」

老人は目を伏せた。ヤコウはおそるおそる尋ねる。

「あの、もしかして」

そうでなければいいと思いながら、言葉を続ける。

「その術師って、ソウシのことなんですか?」

しばしの重い沈黙のあと、

「いいえ」と、霖雨老人は頭(かぶり)を振った。庭の赤く色づいた楓の葉が一枚、風に飛ばされて、池へと落ちた。微かな波紋に水面(みなも)が揺れる。

「物語というものは、広く伝わるほどに事実から離れていくものでございますね。わたくしは今、そのことを痛感いたしました。本当のことをお話しいたしましょう、ヤコウ様」

本当のこと。

ヤコウは霖雨老人の言葉を待った。やがて彼は口を開く。

「あの物語に、術師は二人登場するのです」

銀盞国の眠り姫
ginsenkoku no
nemurihime

霜司竜は、銀盞国皇太子妃の甥にあたる。銀盞では、良家に男子が生まれると、竜や獅子など、力の象徴である生き物の字を名に入れるのがならわしなのだが、霜司竜はその名前からは程遠い少年であった。

皇太子妃の兄であり、霜司竜の父である紫鷹は国中に名の知れた大商人で、母は皇家一族の出身ということもあり、朱天嶺の実家は裕福だった。どうせ兄たちが家業を継ぐだろうと考えていた霜司竜は、好きなことをして生涯暮らすのだと、公言して憚らなかった。

どこかで日がな一日、本を読んでゆったりと暮らしたい。そのためにはどうしたらいいだろう。そんなことばかり考えていた。実際、商才のない自覚もあった。商売に口を出しても、父や兄たちに鬱陶しがられるだけだろう。

霜司竜は変わり者と言われていた。男女問わず長い髪がよいとされる銀盞で、顎の辺りで黒髪を切り揃えているのは彼くらいなものだった。おまけに、なぜ切ったのかと人が問えば、読書をするのに邪魔だからと言う。

「長い髪は、手入れに時間がかかるでしょう」

緑がかった黒の瞳で相手を見据え、さも当然のように言った。

彼が青年になる頃、この「紫鷹のどら息子」の噂は皇太子妃の耳にも入り、一族の悩みの種となった。妃から相談を受けた皇太子が説得を引き受け、会うことになったのだが、あろうことかその一度で、皇太子は霜司竜を気に入ってしまった。

「霜司竜、そなたに領主になってもらいたい土地があるのだが」

これには、妃も霜司竜自身も驚いた。そこは首都、朱天嶺から遠く離れた土地であった。主要農産物は麦だが、年々収穫量が落ちており、領民たちの生活も苦しくなっているという。

蓄えた知識は人々のために活(い)かせ。それが、皇太子の言わんとしていることだった。

その頃、霜司竜はまだ二十(はたち)にもなっていなかったので、引き受けはしたものの、無理ならば早々に諦(あきら)めて朱天嶺へ帰ろうと思っていた。しかし、領地の館へ着くと、その思いは一変した。

目が痛くなるような都のきらびやかな館と違い、その館は黒を基調にした色合いで、風通しのよい造りだった。中庭には古い樫(かし)の木を中心に、四季の花々や実をつける木が植えられており、池には橋が架かっていた。ちょうど桃の実の季節で、熟(う)れた甘い香りが館まで漂う。高台にあるため、二階からは遠く港町と、その先の海まで一望することができた。

皇太子は十分な数の使用人まで用意してくれていた。田舎(いなか)ゆえか、中には教養の乏(とぼ)しい者もいたが、みな朗(ほが)らかで、働き者の顔をしていた。

着いた日の午後、使用人が中庭にある蔵へと霜司竜を案内した。歳は霜司竜とそう変わらない青年だった。

「旦那様は書物がお好きだとお聞きしましたので」

その蔵は書庫だった。三代前の領主が集めたという古今東西の書物が、埃をかぶって霜司竜の来るのを待っていた。

「三代前の領主さまはご病気で亡くなりまして、その後手付かずでして」

若い使用人の手を握り、霜司竜は子供のように何度も礼を言った。

この館はまるで楽園だ。着いたその日に、霜司竜は中庭の樫の木の下で桃の実をかじり、書庫から出してきた本を開きながら、この楽園を守るため、皇太子の期待に応えようと心に決めたのだった。

まず、霜司竜はこの土地での麦の栽培と天候についての記録を集めた。調べてみると、この十年で雨季の降水量と海風の吹く日に大きな変化があった。春から夏にかけては雨の日が増え、冬から春にかけては海からの風が強くなっている。冬の冷え込みも、十年前よりわずかだがひどくなっていた。気候が麦の生育に影響を与えているのだ。

だというのに、麦の栽培方法は、過去二十年を通して変化がない。領民は昔ながらの作り方を繰り返している。

「決めた。麦をやめて米にしよう」

その呟(つぶや)きを聞いた従者は、先のことを思って青ざめた。

だが、従者が憂慮(ゆうりょ)したよりも、結果が出るのは早かった。若造の新領主の言うことに渋る領民たちを自(みずか)ら説き伏せて、霜司竜は土壌を改良し、冬の間に灌漑(かんがい)設備を敷き直した。さらにはこの土地の気候に合う稲を探して、よその領地から何種類も種籾(たねもみ)を取り寄せた。

最初の年に稲作に転じた農民は三割程度だったが、彼らが麦の倍の米を収穫すると、次の年には七割の農家が畑を潰(つぶ)して水田にした。灌漑設備の工事で財政は一時赤字になったものの、数年後には黒字に転じるであろうと霜司竜は予測していた。そして実際、その通りになったのだ。

収穫量が増えれば、他領への出荷も増える。財政が安定すると、霜司竜は次に稲の交配にも手を付けた。領地の土と水と風に合う、新たな品種の開発も順調に進んだ。

霜司竜が領主となって六年、領地は、秋になると黄金(こがね)色の田で埋め尽くされた。

皇太子は大層喜び、褒美(ほうび)は何がいいかと尋ねると、霜司竜は、朱天宮(しゅてんきゅう)の書庫への出入りを許してほしいと申し出た。まだまだ勉強したいのだと。

稲作の方はもう領民に任せても大丈夫だろうし、品種改良も適任者が見つかった。時間はできたのだが、領主館の本はあらかた読み終えてしまって退屈なのだと話すと、皇太子は驚きつつ、国へのさらなる貢献を期待して、朱天宮の書庫への出入りを許してくれた。

皇太子妃だけが、霜司竜に甘すぎるのではないかと危惧していたようだった。

二月に一度、領地の様子の報告のために、霜司竜は朱天嶺に数日滞在したが、さっさと用件を済ませてしまうと、あとは朱天宮に入り浸って読書に没頭していた。さすがに朱天宮の本を持ち出すことはできないため、霜司竜はいつも、朱天宮の庭園で本を読んでいた。

「おじ様、今日は何を読んでらっしゃるの」

霜司竜は本から顔を上げ、座ったまま簡単に礼の形をとる。

「これはこれは、雪麗姫」

今年十一歳になった、皇太子夫妻の一人娘だ。名の通り、雪のように白い肌に、漆黒の艶のある髪と大きな瞳、珊瑚色の唇が映える。彼女とはいとこ同士にあたるのだが、年齢が離れているせいか、彼女は霜司竜をおじ様と呼んだ。

「四国大史書ですよ。銀盞と、隣接する三国との歴史が書いてあります」

「ふうん」と、期待外れだったのか、つまらなそうに雪麗は口をへの字に曲げる。

「過去が今にどう繋がっているのかがわかって、なかなかおもしろいのですがね。かつてこれら四つの国の王家では、術師という不思議な術を使う人々を重用していたのですが、あるときから」

「あんまり興味はないわ、おじ様」

素直な意見に、霜司竜は思わず眉を寄せて笑う。

「それは残念です」

「ごめんなさい。怒ったかしら」

「いいえ。ところで、姫様は算術のお時間ではないのですか」

「算術はいいの」

腰に両手を当て、薄地の優雅な着物を風になびかせて雪麗は言う。

「だって私、商人にはならないもの」

その背後に、見知った影が歩み寄る。

「算術が商売にのみ必要だと思っていらっしゃるなら、それは大きな間違いでございますよ、姫様」

振り返った雪麗が、叫ぶように名前を呼んだ。

「瑞琳（ズイリン）！」

雪麗付きの女官長の瑞琳は、まだ二十代半ばでありながら聡明（そうめい）で、そしてとても厳しい人だった。その性格を表すように、一本のおくれ毛もなく結い上げた髪は、風が吹いてもびくともしない。

「姫様は陛下と皇太子殿下の跡を継ぎ、いずれは皇帝となられるお方。たしかに商人になることはございません」

「そ、そうでしょう？」

おてんばな雪麗も、彼女の顔色は気にするらしい。

「ですが、商人が何を考え、どう商売をしているのか。それは知らねばなりません。それが民の暮らしを、民の心を知るということにも繋がるのですから。それに、霜司竜様をご覧なさいませ。霜司竜様が若くして領地を立て直されたのは、算術あってのことでございますよ。そうでございますね、霜司竜様？」

「まあ、たしかに、そうですね」

霜司竜の返答に、瑞琳は満足そうに頷いた。

「さあ、先生がお待ちです。お部屋に戻りますよ」

「そんなぁ」

「霜司竜様、お邪魔をいたしました」

「いえいえ」

深々とお辞儀をし、うなだれる雪麗を伴って、瑞琳は朱天宮へと戻っていった。けれど霜司竜は知っている。雪麗は瑞琳のことが好きなのだ。ああして迎えに来てくれることを知っているから逃げ出すのだし、連れ戻されるのを楽しんでいる節まである。

貴重な書物もさることながら、霜司竜は、彼女たちに会うことも楽しみにしていた。雪麗はまた背が伸びた。健やかに育っているようで、それは銀盞の民にとっても喜ばしいことだろう。日に日に口も達者になっているが、瑞琳にはまだまだ太刀打ちできないらしい。将来の皇帝のためとはいえ、瑞琳も手厳しい。だが、彼女を見ていると不思議とほっとする。

霜司竜は木を背にして読書の続きを始めたが、二人のことを思い出しては、ときどき体を丸めてくすくすと笑った。

事件は、雪麗が十四歳の春に起こる。領地にいた霜司竜は、飛び込んできた伝令の口から事態を知った。少し遅れて、朱天嶺からの文を足に括り付けた鷹が館の庭に降りた。三月のある日の未明、何者かが朱天宮の皇太子一家の寝所がある棟へと侵入した。そしてそれ以降、雪麗姫が眠り続けているという。

霜司竜は従者とともに馬を駆り、三日後には朱天宮へと駆けつけた。朱天宮には銀盞最高峰の医師たちが集められていたが、雪麗は目覚めないという。

「生きていることは確かなのですが」

説明を求められ、代表して年老いた医師が、皇太子夫妻と諸侯の居並ぶ広間に進み出た。

「呼吸はしています。心臓も動いています。どちらもゆっくりですが、生きるのに支障はありません。つまるところ、姫様は、眠っているのと同じ状態なのです」

しかし、話しかけても揺さぶっても、彼女は目を覚まさない。

「賊が毒を盛ったのではないか」

苛立(いらだ)った様子で皇太子が尋ねる。

「毒ではございません、殿下。内臓に何の障(さわ)りもなく、眠らせるだけの毒などないのです」

ならば、と、霜司竜は一歩前に進み出た。思い当たることがあった。

「術、ではないですか」

霜司竜の言葉に、一瞬、場が静まり返った。

「今、なんと?」

呆然として呟いた皇太子に一礼をして、霜司竜は答える。

「毒でないのなら、術師の使う、呪術の類(たぐい)ではないかと思ったのです。あれは道具も使わなければ、証拠も残りません」

「術師の仕業(しわざ)だと……?」

霜司竜は頷く。集まった者たちがざわめいた。

術師なんて、ただのおとぎ話だろう。これだから本ばかり読んでいる若造は。なぜ殿下はこんな男を重用（ちょうよう）なさるのか。麦から稲作への転換が、たまたまうまくいっただけだろうに、調子に乗りおって。

ほとんどが霜司竜の意見をばかにするものだったが、

「その可能性はございますぞ、殿下」と、老医師が賛同すると、広間は静まり返った。

「お主（ぬし）までそのようなことを。術師などおらぬ！」

皇太子は顔を真っ赤にして激昂（げっこう）する。

「いえ、昔は、医者に診（み）せて治らぬものは、みな術師の仕業だと言ったものです」

「おらん！　そんなものは迷信だ！」

「かつては本当のことだったのでございます。術師が多くいた頃は。術師の術は、術師にしか解けませぬ。ですから町には医者のように、金をもらって術を解く術師がいたのでございますよ」

医師は、代々皇家の主治医を務める家の当主だった。それゆえに彼の言葉を軽視するわけにもいかず、広間は再びざわつき始めた。

術師なんて、見たことがあるか？　いいや、ない。

あちこちで、そんな会話が交わされている。

霜司竜は、以前読んだ四国大史書を思い出していた。かつては各国の王家が術師を重用していたが、その数が増えてくると王族や要人の暗殺事件が増え、国同士だけでなく一つの王家の中でも互いに疑い、憎み合うようになってしまった。そのため、お互い接する四つの国は、すべての術師をその四か国から追放することとしたのだ。

史書にはそう書いてあったが、実際のところは全員処刑されたのだろうと霜司竜は見ている。追放した術師たちが、他国に流れ着いてそのままその国の戦力となっては困るからだ。現に、皇太子は術師などいないと言い切った。追放された術師たちがどうなったか、一部の人間だけに語り継がれているのだろう。

椅子に座っていた皇太子妃がよろめき、瑞琳が体を支えた。二人とも顔色が悪く、頬が瘦せこけていた。朱天宮の警備は厳重だったはずだ。それで防げなかったのなら、非力な女たちにはどうすることもできない。だとしても、瑞琳は自分を責めているのだろう。霜司竜は胸を締め付けられる思いだった。

「生き残りが、いたのかもしれません」

霜司竜は言う。皇太子には、その言葉の意味がわかるだろう。

「どのみち医術や薬でどうにもならないのなら、捜すしかないのではないでしょうか」

「術師を、か？」

訝る皇太子の目を見つめ、霜司竜は頷く。

「これが術師の仕業なら、姫様にかけられた術を解けるのは、術をかけた者のみです」

わずかに躊躇ったのち、皇太子は号令をかけた。名うての将軍や腕に覚えのある領主たちが、家臣を率いて術師を捕らえるために朱天領を発った。

霜司竜はその列には加わらず、朱天宮に残ると、ほとんど書庫に住み着くように、術師についての書物を読み漁った。

術師の逸話や歴史を書いたものは、今は必要ない。求めているのは術そのものの、からくりを記した本だ。鍵付きの古めかしい書棚に保管されている禁書の閲覧も、今は雪麗の命が何よりも優先されるため、書庫番も渋ることさえしなかった。

皇太子には四人のきょうだいがいるが、雪麗は一人娘だ。皇位継承者として直系長子が優先されるこの銀盞国では、雪麗の命の如何によっては、今後の国の情勢にまで影響が出る恐れがある。

だがそれよりも、霜司竜はただ、雪麗を救いたかった。利発でかわいらしい姫と、あの厳しい女官長との微笑ましいやり取りが見たかった。一刻も早く、日常が戻ってほしかった。

鍵付きの金庫のような棚に収められていた禁書には、術の仕組みが記されていた。

そもそも術とは、己と他者との生命力を利用し、何らかの効果を得るものだという。

他者に何かを与える術は、相手の生命力に自分の生命力を楔のように打ち込み、効果を及ぼす。反対に他者から何かを受け取る場合には、他者から放出されている生命力を、自分の生命力で搦め捕り、受け入れる。生命力の源は血と強い意志であるため、禁書の中で著者は、より心身を鍛えるようにとの教えを説いている。

術師の教本のようなものだろうか。著者の名前のない手書きの本で、革の表紙はぼろぼろに朽ちていた。

雪麗にかけられたのは呪術だ。呪術師の生命力の楔が打ち込まれ、彼女の生命力は抑え込まれている状態だ。それをどうにか外さねばならないが、同じ頁に呪術を解く方法は載っていなかった。

昔は呪術を解く術師がいたと、老医師が言っていた。ならば、そうした記述もどこかにあるはずだ。

他者の声を聞く術、他者の思いを読み解く術、己の生命力で自然物を動かす術、他者の傷を癒す術。これは、と思ったが、雪麗は傷付けられたわけではない。ざっと読んで頁を繰る。

夢中で読み進めていると、外がにわかに騒がしくなった。

「何かあったのですか」

書庫番に尋ねると、彼は声を弾ませた。

「万里将軍が、術師を仕留めたらしいのです」

「仕留めた？」

そわそわと書庫の入口に立ち、将軍の凱旋を見つめる書庫番の肩口から、霜司竜も外を覗く。

朱天嶺の背後にある山の中に、術師は潜んでいたらしい。かつての同朋たちを殺した皇家への恨みを口にする術師の首を一太刀で刎ねたと、将軍は声高に武勇を語っている。嫌な予感がして、霜司竜は禁書の呪術の項目を開いた。隅に小さく、記してある。

呪術は稀に、術師の死後、より力が強くなるものがある。

まさか、と思ったとき、瑞琳が泣きながら走ってきて将軍に詰め寄った。

「姫様は！　お目覚めになりません！」

将軍も控える兵士たちも、霜司竜もまた言葉を失った。そのとき、書庫の棚から本がばらばらと落ちた。書庫番が慌てて、本の崩れた棚へと走り寄る。

万里将軍は声を荒らげる。

「そんなはずはない！　術師はたしかに死んだ！　それで呪いが解けなければ、ほかにどんな方法があるというのだ！」

　瑞琳が泣き崩れ、将軍は皇太子のもとへ向かうためか、その場から去った。

「将軍のお声で落ちたのでしょうか」

　書庫番がぽつりと言ったが、霜司竜はそれよりも瑞琳のことが心配だった。

だめだ。雪麗を救う方法を探さなければ。このままでは雪麗は。

　床に座り込んだままの瑞琳の背に触れる。僕がなんとかします。そう言えればよかったのに、今の霜司竜には何も言えなかった。

　その夜、書庫番の隙をついて、霜司竜は術についての禁書を持ち出した。夜通し馬を駆けさせ、領地の館へ戻ると、誰も立ち入らないよう使用人たちに言いつけて書庫へこもった。三代前の領主が集めた書物の中にも、術師に関する記述があったのを思い出したのだ。複数の書物の内容を照らし合わせれば、何か別の方法が見つかるかもしれない。

　しかし、術を解く手立ては得られなかった。どの書物にも、術師の死後に力の強くなった呪術を解く方法までは、書かれていない。

　数日後の真夜中、朱天嶺まで同行した従者が、慌ただしく書庫の扉を叩いた。

「なんです、邪魔をしないようにと」

「霜司竜様、お逃げください！」

従者は館の正面を指差した。

「万里将軍です！」

中庭を抜けて母屋の上階へ向かうと、万里将軍の兵士が館を取り囲んでいるのが見えた。松明の数がおびただしい。将軍の傍には、見たことのある男の顔もあった。一際飾り立てられた馬に乗り、雅な甲冑に身を包んでいるのは、皇太子のすぐ下の弟だ。万里将軍は彼と懇意だった。霜司竜の姿を見つけ、将軍が叫ぶ。

「やっと姿を現したな、霜司竜よ！　お主が姫に呪術をかけた術師であることはわかっている！」

霜司竜は目を見開いた。

「儂に身代わりの首を刎ねさせ、混乱に乗じて朱天宮の禁書までも持ち出したな！　皇家の転覆を企む不届き者め、今すぐ投降せよ！　姫にかけられた呪いを解くというなら、それまでは生かしておいてやろう！」

そういうことか、と霜司竜は唇を噛む。将軍が術師を殺したのは、皇太弟の命令だったのだ。別の術師を仕立て上げることで失態から目を逸らさせ、皇太弟の面目を守ろうというのだ。それには変わり者で本ばかり読んでいる、皇太子のお気に入りが好都合だったのだろう。霜司竜が皇家に仇なすために皇太子に取り入ったことにすれば、申し開きも立つ。

ここへ来るのに、皇太子の許しも得ていないに違いない。

もしも霜司竜に姫の呪いを解く方法がわかっているなら、捕まるのもいいだろう。だが今は、手がかりすらない。

霜司竜は身を乗り出して叫ぶ。

「ようこそおいでくださった、と言いたいところですが、この霜司竜、残念ながらあなた方のおっしゃるような術師ではない！　だが、朱天宮から禁書を持ち出したことには相違ない！」

兵士たちがどよめいた。

「釈明の機会をいただきたい！　皇太弟殿下、万里将軍、まずは無関係な館の者たちを逃がしたい！　彼らは、本当に何も知らないのです！　すべては私一人でやったこと！　どうか彼らの身の安全をお約束いただきたい！」

じっと見ていると、兵士の一団がいるところでつむじ風でも巻いたのか、松明の炎が十ほどまとめて消えた。

「いいだろう」と、万里将軍が返答する。

「感謝いたします！　さすれば彼らの無事を見届けたあと、私は正門へ向かいましょう！　そこで話し合いを！」

万里将軍が頷いた。けして悪い人間ではない。武勇の数だけ慕われている男だ。使用人たちのことも悪いようにはしないだろう。

「行きなさい。皆に声をかけて、全員で」

従者は深々と頭を下げ、暗闇の廊下へ小走りに消えた。

従者や女官が無事に兵士たちの囲みを抜けて町へ向かうのを見て、階下へ行こうとすると、何かが顔をかすめた。途端に部屋が明るくなる。火矢だ。火のついた矢が飛び込んできたのだ。

「将軍！　話が」

違う、と言おうとして見ると、号令をかけていたのは皇太弟だった。あれでは将軍も何も言えない。火が毛織の敷物に燃え移る。獣の毛の焦げるにおいがする。

霜司竜は壁伝いに移動し、中庭に面した部屋へと飛び込んだ。そこは来客用の寝室だった。窓から見下ろすと、中庭にも兵士が入り込んでいた。鍵をかけ忘れた書庫の扉を開け、松明を放り込んだ。

言葉にならないほどの怒りが湧いた。朱天宮の禁書も、書庫の中に置いてきてしまった。内容は覚えるほどに読み込んだが、すべてを理解したわけではない。少しでも多く術についての知識がほしいのに、あの本がなければ、雪麗は——。

廊下からは火の燃え盛る音がする。だが外へ逃げれば、間違いなく捕らえられ、殺される。どうしたらいい。霜司竜は唇を強く噛む。雪麗を、雪麗と瑞琳を助けたい。ただそれだけなのに。

そのときだった。

飛びなさい。

声が聞こえた。霜司竜は辺りを見回すが、館の中に人影はない。

窓の外へ、空へ飛び出しなさい。

声は館の外から聞こえたような気がした。もう一度中庭を見渡す。古い樫の木がある。男のものとも女のものともつかない声は、その辺りから響くように伝わってきた。

「誰かいるのですか？」

問いに答えるように、樫の木から空中へ溶け出すように、緑と黒の長い毛を持つ、驢馬(ろば)のような不思議な生き物が現れた。耳が長く、額(ひたい)には鈍(にぶ)い金色をした角が一本、まっすぐに生えており、体は向こう側が透けている。

私は、この樫の木の。

「精霊……？」

不思議な生き物は、人間のように笑った。

その瞬間、霜司竜は悟った。自分が術師になったことを。思い当たったのは、朱天宮から持ち出したあの書物だった。まるで教本のようだと思った。何度も繰り返し読むうちに、何かが体の中に染み込んでいくような感覚があった。それに対し、自分の中の何かが応えているような感覚も。

そうか。そういうことだったのか。

術師を生み出すための書物。だからあれは禁書だったのだ。

朱天宮の書庫の本が崩れたとき、書庫番は将軍の声のせいだろうかと言った。だが、将軍が叫んだのは本が落ちたあとだ。あのときの衝撃を与えたのも、先ほど外にいる兵士たちの松明の火を消したのも、己だったのだ。自身の生命力で、風を操った。

壁際に置かれた鏡台に自分の顔を映すと、暗闇の中で瞳は緑色に光っていた。人でなくなりかけているものがそこにいた。

ああ。

言葉が出なかった。

「行きましょう、我が友よ」

精霊ははっきりと言った。

「私は、あなたが私の木陰で本を読み、眠る、あの日々が愛おしかった。霜司竜。生きるためになら、ここを捨てて旅立つのもよいでしょう」

ふわりと、精霊は窓の近くまで漂うように宙を駆けてくる。

「名前は？　あなたの、名前は」

精霊はまた、人間のように目を細めた。

「緑禅（リヨクゼン）」

霜司竜は緑禅の体に触れる。温かくも冷たくもない。だがたしかに存在する、絹のような手触り。霜司竜は覚悟を決めた。

「頼む、緑禅」

「ええ、もちろんです」

霜司竜は窓から身を投げるようにして、緑禅の体に縋（すが）りついた。浮遊感に包まれ、兵士たちが息を呑む声が聞こえたあと、将軍の号令に従って彼らは弓を宙に向けた。だが、彼らからはよく見えていないらしい。矢の先はばらばらな方向を狙っていた。

蹄（ひづめ）のある脚で緑禅が一つ駆けただけで、館は置き去りになった。もう一つ駆ければ、領地の外へ出た。

「さあ、どこへ向かいましょうか」

緑禅の問いに、霜司竜は答える。

「わからない。だが、緑禅、僕はあの国を捨てるつもりはないのだ」

人のように笑いながら、緑禅は霜司竜の言葉に耳を傾けている。

「いつか必ず戻ってくる。僕は、僕は人間ではなくなってしまった。術師になってしまった。それでもいい。雪麗姫の呪いを解く方法が、術師となった僕になら見つけられるかもしれない」

朱天宮で見た彼女の笑顔を強く想う。

「次に銀盞へ戻るのは、姫の呪いを解く方法を見つけたときだ。それまで、緑禅、僕はけして、故郷(ここ)へは帰らない」

それは、長い旅の始まりだった。

終章

「それからは、ヤコウ様もご存じのことと思います」

霖雨(リンウ)老人は厳(おごそ)かに言った。

皇女の一人も救えないという事実は、国全体に大きな打撃を与えた。気落ちして床(とこ)に臥(ふ)しがちになった皇帝夫妻の死後、皇太子が即位したものの、妃(きさき)は姫の一件で心と体を病(や)み、とても世継ぎが望めるような状態ではなかった。次期皇帝にはすぐ下の弟が就(つ)いたが、彼は雪麗(セツレイ)の事件で取り返しのつかない失態を犯しており、宮廷内では孤立していたようだった。

「今の皇帝は」

「事件当時の皇太弟(こうたいてい)の子孫にあたります」

何代も皇帝が変わっていく中でも、民(たみ)からの信頼を取り戻すのは難しかったらしい。国力は落ち、領土の一部も失った。

その間も、雪麗はずっと眠り続けていた。歳を取ることもなく、十四歳の少女は美しいままで、変わり果てた国の中心で夢を見ている。

「霜司竜(ソウシリヨウ)様が最初にお戻りになったのは、国をお出になってから三十五年後のことでした。ご自身は容姿も何も変わらず、皆の老(ふ)けた姿に驚いていたそうです。その頃にはもう、時の感覚がなくなっていたようでございますね」

霜司竜は完全に術師となっていた。雪麗が目覚める可能性のある術を見つけたと言って帰ってきたのだが効果はなく、ここにいてほしいという雪麗の父の願いを断り、霜司竜はまた旅に出る。瑞琳(ズイリン)は、もうこの世にはいなかった。

「それからは、数十年に一度お戻りになっては、雪麗様に新しい術を試されていたそうです。もう霜司竜様の名を知る者も少なくなり、巷(ちまた)では、眠り姫の客人(まろうど)と呼ばれております」

「眠り姫の客人……」

銀盞(ギンセン)では、彼を悪く言う人はいないという。おとぎ話の登場人物にまでなった術師を、人々は神か何かのように思い、畏敬(いけい)の念を抱いているらしい。なるほど、朱天宮(しゅてんきゅう)の兵士の態度に合点(がてん)がいった。

「雪麗姫は、今どこにいらっしゃるんですか」

霖雨老人のしわだらけの顔が、少し笑ったように見えた。

「この館に」

「えっ」

「奥の間で、お休みになられております。ここは雪麗様の館ですから」

「ここが」

ヤコウは部屋を見回した。掃除の行き届いた館も、手入れされた庭も、みな雪麗のために守られていたのだ。

「ソウシの家じゃなかったんだ」

そう呟くと、霖雨老人がまた微笑んだ。

「ヤコウ様は、そうお呼びになるのですね」

本当の名前を知ったあとでも、と、彼は言っているようだった。

「それは、ソウシは、俺にソウシとしか名乗りませんでしたから。本当の名前を言いたくなかったのか、それはわかりませんけど、ソウシから何か言われるまではこのままの呼び方でいようと思います。俺には、そう呼んでほしいのかもしれませんから」

老人は、微笑みながら何度も頷いていた。

「あなた様は、とても気持ちのいい方でございますね」

そう言うと、霖雨老人は立ち上がった。

「霜司竜様もお部屋でお休みでございますし、ヤコウ様もごゆっくりお休みくださいませ。お目覚めになりましたら、館の者たちに挨拶させましょう」

「この館の人たちは、雪麗姫にお仕えしているんですね」

館の人の気配を思い出し、尋ねると、彼は頷いた。

「一族の者たちで、ずっと雪麗様をお守りしております。我々は、雪麗様付きの女官長、瑞琳の子孫なのです」

深くお辞儀をして、霖雨老人は部屋を出ていった。ヤコウは寝台に横になる。布団はふかふかで、体を投げ出した途端に、昨夜眠っていなかったことを思い出した。おまけに、緑禅の首に抱き着いたまま、ここまで空を飛んできたのだ。空の上では何も感じなかったとはいえ、緊張はそのまま疲労に変わる。

落ち着ける体勢を探りながら、ヤコウは考える。

ソウシが四十七年ぶりにここへ戻ってきたということは、今まで集めていた眠りの物語は、雪麗姫を目覚めさせるために必要だということか。ラゴの記憶が役に立てるのなら、それは素直にうれしいと思う。

眠るのが怖いとソウシが言っていたのは、雪麗のことがあるからだろう。といっても、雪麗のように目覚めなくなることが怖いのではないような気がする。

術師の仲間はいないと、ソウシは言っていた。

もしも眠ったきり、自分が目覚めなかったら。そうしたら、もう誰も雪麗を救えなくなってしまう。彼はそのことを恐れているように思えた。自分は周囲の人や世界を慮れる者ではない、などと言いながら、自分が一番、雪麗のことを思っている。そしてきっと、役割を果たし続ける瑞琳の子孫たちのことも。

ヤコウは目を閉じる。顔見知りの術師がいたが、その人は死んでしまったとも話していたが、それは誰のことだろう。霖雨老人の話では、雪麗に呪いをかけた術師と、ソウシは面識がないようだが。

体の力が抜けるにしたがって眠気が襲い、呼吸が自然と緩やかになっていく。

ソウシは部屋で休めているのだろうか。それだけが心配だった。

窓から差し込む木漏れ日に目を覚ますのと、部屋の扉が控えめに叩かれるのが、ほとんど同時だった。

「どうぞ」

答えてから体を起こす。太陽は天頂を過ぎ、早くも傾いている。

入ってきたのは霖雨老人と、食事を載せた盆を持った少女だった。十五、六歳といったところだ。盆を卓の上に置くと、彼女は霖雨老人の後ろに控えた。

「孫の慈雨でございます」

　ああ、こうしてこの先も雪麗は守られていくのだと、しみじみと感じる。

「ヤコウです。お世話になります」

「霜司竜様のお友達と伺っております。どうぞよろしくお願いいたします」

　すましているときは大人びていたが、笑うと、その表情は年相応だった。

　名に雨の字が付くのは、瑞琳の決めたことだという。雪麗が目覚めるその日まで、悲しみの日々は続くのだという意味が込められていると、霖雨老人が説明してくれた。

「たとえ悲しい意味だとしても、私はこの名前が好きですけれど」と、慈雨が明るく言った。聡明な少女なのだろうと思う。

「俺も、きれいな名前だと思いますよ」

　そう言うと、彼女はにこりと笑った。

「ソウシはどうしてますか？」

　霖雨老人が答える。

「霜司竜様は昼食を召し上がりまして、そのあとお部屋へ伺いましたら、お姿がありませんでした。お出かけになられているようですね」

「そうですか。ソウシは、何を？」

両手を口の傍（そば）へ持っていき、食べる仕草をすると、霖雨老人は笑みを浮かべて頷いた。

「市場で新鮮な鶏肉（とりにく）を買ってこさせましたので」

「鶏肉というより、鶏（にわとり）そのものでしたけど」と、慈雨が付け足す。

「ああ、じゃあ、口の周りを血だらけにして？」

そう言うと、二人ともくすくすと笑った。術師の食事がどんなものかも、一族の間に伝わっているらしい。

ヤコウが食事をしている間、二人は部屋にいて、茶を注いだり、空（から）になった器（うつわ）を下げたりしてくれた。食べ終わり、部屋を出ていこうとする二人を呼び止める。

「あの」

「はい、なんでしょう」

振り向く霖雨老人に、ヤコウは思い切って尋ねてみる。

「あの、雪麗姫にお会いすることはできませんか？」

すると二人は、目を丸くして顔を見合わせた。いきなりやってきて不躾（ぶしつけ）だったかと、ヤコウは体の前で両手を振る。

「すみません、無理ですよね。忘れてください。すみません、余所者が、こんな」

いいえ、と老人は頭を振った。

「霜司竜様が、ヤコウ様をご友人とお呼びし、この館までお連れした理由が、とてもよくわかります」

その目には涙が浮かんでいた。

「銀盞国の眠り姫がおとぎ話のようになってしまって以来、ここを訪れる方はときどきいらっしゃるのですが、立場ある方までが、眠り姫を見せてくれ、とおっしゃるのです」

ヤコウははっとする。霖雨老人の隣では、盆を持ったままの慈雨も目を潤ませている。

「姫様に会いたいと言ってくださる方は、何年もいらっしゃいませんでした。心よりお礼申し上げます」

彼は孫娘とともに深く頭を垂れた。

「後ほどお迎えに上がり、姫様のもとへご案内いたします」

雪麗にかけられた呪いが解けるのを、彼らもまた、二百年の間待ち続けているのだ。二人の後ろ姿に、ヤコウは降り積もる時の長さを感じていた。

夕刻、赤い手燭を持った霖雨老人が訪ねてきた。言葉を交わしていると、中庭からホウホウという鳴き声がした。鳥の鳴き声のようだが、笑っているようにも聞こえてなにか耳障りだ。

「何の声です？」

格子戸の隙間から鳴き声の主を探すと、木の枝に梟が三羽、並んでとまっていた。

「めずらしいですね、三羽も。朱天嶺には梟が」

多いんですか、と訊きかけて、目を凝らしていたヤコウは、梟の顔に気付いてぞっとした。

梟の顔は三羽とも、同じ人間の男の顔をしていた。四十ほどの歳の男だ。目玉は白く濁り、こちらを嘲笑うかのように、ホウホウと梟の鳴きまねをしている。

「ああ、やはり来ましたか」と、隣で格子戸を覗き、霖雨老人が呻いた。

「なんです、あれは」

「雪麗様に呪いをかけた術師でございます」

「なっ」

ヤコウは言葉を失う。

「死んだんじゃ、なかったんですか。万里将軍って人に首を刎ねられたんじゃ」

「ええ、術師は死にましたとも。あれは術師の残した怨念でございます。ほかの生き物の姿をして、雪麗様を見張るようにときどき現れるのです」

霖雨老人の様子は落ち着いていた。

「害はないんですか」

「今のところは、笑うばかりで。おそらく、霜司竜様がお戻りになられたことを嗅ぎつけて来たのでしょう。四十七年前も、霜司竜様のご滞在中には毎日現れました」

それを聞いて、すとんと腑に落ちることがあった。

なるほど、これがソウシの顔見知りの術師か。

けたたましく笑い、梟たちは百日紅の枝で遊んでいる。

ヤコウは行李の側面に差していた短剣を三本抜いた。格子戸を開けて素早く回廊に出ると、枝の梟目がけて次々と短剣を投げる。そのうちの一本が、一羽の首に命中して梟は地面に落ちた。

「おお！」

霖雨老人の声を背中に聞きながら庭に飛び降り、駆け寄ると、梟の体はぐずぐずに溶けていた。命中した短剣まで、刀身が溶けて柄だけになっている。残った二羽の梟は、庭の上空を飛び回り、変わらず笑い声を上げていた。

「あと二羽か」と呟くと、霖雨老人が言った。

「いえ、残念ながら今だけ減ることはあっても、消えることはありません。明日には、また三羽に戻っていることでしょう」

それが呪術師の、皇家への怨念の強さを表しているのだ。ヤコウが革長靴の土を払い、回廊へと上がると、霖雨老人は不気味な梟のことなど忘れたように言った。

「さあ、ヤコウ様、姫様のところへご案内いたしましょう」

館の奥の間へと続く扉の前には、従者が二人控えていた。彼らも一族の者だという。音も立てずに扉が開くと、燭燈が二つ対角線上に置かれているだけの薄暗い部屋で、目に飛び込んできたのは、天蓋付きの立派な寝台だった。

「近くへ寄っても、いいですか」

尋ねると、老人は頷いた。

わずかに開けられた窓から、夜風が入り込んで部屋の空気に流れを生んでいる。天蓋の布がふわりと揺れる。

その中で、柔らかな絹に埋もれて、彼女は眠っていた。

雪麗姫。名前の通りの麗しい姫。

眠っている顔は化粧を施しているかのようにきれいだった。肌には埃の一つもなく、扇状に広がる髪は、丁寧に梳られていて艶やかだ。彼女がこの館の人たちに、いかに大切にされているかがわかる。

はじめまして、と語りかけて、ヤコウは頭を垂れる。音にならないほどの微かな寝息。それが、彼女の生きている証だった。

不思議だった。彼女はぴくりとも動かず、こんなにも儚い、灯のような命を繋いでいるのに、生きている人間なのだとはっきりとわかった。初めてソウシに会ったとき、彼の表情は豊かだったにも拘らず、ヤコウには人形のように思えたのに。

長い時を生きてきたことは同じでも、二人の存在は対照的だった。

寝台を囲む調度品は、元の朱天宮の彼女の部屋にあったものを運び込み、数十年に一度、新しく作り替えているのだという。十四歳という年齢の割に、大人っぽい装飾の施された鏡台や飾り棚が、彼女の身分の高さを感じさせた。上品な部屋が似合う女性に、彼女は成長するはずだったのだ。

嫌な笑い声がして見ると、窓の格子の向こうを人面の梟が行き来していた。だが何かが窓の下から飛び出したかと思うと、二羽の梟は翼をばたつかせて空へと逃げていった。緑禅が、雪麗の部屋を守るように窓の外にいた。

ふいに部屋の空気が張り詰めた気がして、振り返ると、ソウシが部屋へ入ってきたところだった。旅をしてきたときと同じように、黒絹の外套に身を包んでいる。

「霜司竜様」と、何かに急かされたような霖雨老人の呼びかけには、期待も含まれていた。

その声には答えずに一礼して、ソウシは部屋の奥へと進む。薄暗い部屋の陰影のせいだろうか。いつも柔らかな彼の表情が、今は険(けわ)しかった。

雪麗の寝台の足元で、ソウシは立ち止まる。目を閉じ、深く息をするのを、皆が静かに見守った。彼は若葉色の目を開く。それは、合図のようだった。

外套から出したソウシの手には、あの深緑色の本があった。彼はそのまま寝台右手の壁へと向かう。

表紙を開き、色のついた最初の頁(ページ)を剝(は)がすと、彼はそれを壁に貼り付けた。桃色と白の交じった頁だ。春の夜の桜のように、ほのかな光を放つ中に、少年の寝顔が見える。それはきっと、その頁に書かれた物語の中で眠っている、誰かの顔だ。摩訶不思議(まかふしぎ)な現象に、おお、という声が、霖雨老人や戸口に控える従者たちの口から漏(も)れる。

一枚ずつ、ソウシは剝がした頁を壁に貼っていく。あの一つ一つが、すべて彼が触れてきた眠りの物語なのだ。世界中の。

青と白と灰色の、ラゴの物語は、雪麗のところからもよく見える位置に飾られた。その頁の中で眠っていたのは、八歳のヤコウだった。

リンカは黄色と鉄色の頁の中で、青、白、紅、金色の複雑に交じり合う頁の中では、孜(シ)円(エン)と可栄(カエイ)、それから子狐星(こぎつねぼし)が、身を寄せ合って眠っていた。

「霖雨、すまない」

壁に向かったまま、ソウシが言った。

「前にここへ来てから四十七年、雪麗姫にかけられた呪いを解く方法は、見つかりませんでした。また、見つからなかった」

ため息は、誰のものだっただろう。みな口は噤(つぐ)んでいたが、それでも抑えきれない思いがあった。霖雨老人は謝られたことに対し、首を横に振っていた。何度も、何度も。

「ソウシ」

沈黙に耐え切れなくなったヤコウが口を開く。

「眠りの物語を集めていたのは、何のためだったの？」

西礼(セイライ)の東の岩山や雁慶(ガンケイ)で、危険な目に遭(あ)ってまで、集めた物語は――。

部屋に入ってから初めてこちらを向いたソウシの顔に、ヤコウはどきりとする。緑色の瞳には、無力感と虚(むな)しさとが見てとれた。

「雪麗を、一人で眠らせたくなかったのです。彼女にこれ以上、寂(さび)しい思いをさせたくなかった。彼女は時間と、世界から取り残されている。目覚めさせる方法が見つからない中で、誰かが、彼女に寄り添って、ずっと一緒に眠ってくれればと、そう思って」

消え入りそうな声だった。聞いていた霖雨老人が俯(うつむ)いた。眠り続ける雪麗はいつまでも若いままで、周りだけが歳を取り、変わっていく。

一人で眠っている間は寂しいのだという、可栄の声が、頁の中から聞こえた気がした。

着物の裾を引きずり、ソウシは雪麗の枕元まで行くと、膝をつき、絹の布団に顔をつけるように屈み込んだ。

「何十年か前、ある滅んだ国の宮殿で、術に関する古い書物を見つけました。そこにはこう書かれていた」

祈りが集まれば、その声は届く。たとえ、深い眠りの中にあっても。

「祈りなら、二百年前に、この国のあらゆる人が祈っていた。だけど、届かなかったのです。彼女の目は覚めなかった。それでも信じて、僕と緑禅は旅を続けた。でももう、できることはこれくらいしかないのです。同じ眠りの中にあるものたちを集めて、彼女の心を慰めることくらいしか……」

ソウシは呻くように、雪麗に許しを乞うように言う。

「諦めたわけじゃない。諦めたわけじゃないんだ」

それは言い訳のようでもあり、自身の喉元に突き付けた刃のようでもあった。ヤコウはただ立ち尽くしていた。彼らのために何もしてやれないことが悔しかった。

壁に飾られた無数の物語は、それよりも多くの寝顔を映したまま、それぞれに柔らかな光を宿しており、部屋全体が明るかった。雪麗の寝台もぼんやりと照らされている。ふと、先ほどまでとは何か違う気がして、ヤコウはソウシの反対側から寝台の際まで近付き、雪麗の顔を覗き込んだ。

「ソウシ！」

声を抑えて呼ぶと、びくりと肩を震わせ、ソウシが顔を上げた。

「見てほら、姫が！」

虹色の光の中で、雪麗は微笑んでいた。珊瑚色の唇の端がわずかに上がっている。霖雨老人が慌てて駆け寄り、確かめて頷いた。

「初めてのことでございます」と。

「そんな、どうして」

ソウシは何度も呟く。

「どうして」

今までどんな術を試しても、彼女の表情すら変わらなかったのに、と。

だが、呪いを解く方法がいまだわからない中での、それは一筋の希望だった。ヤコウは雁慶の宿でソウシと話したことを思い出していた。目覚めるために眠る。それは誰にとっても同じことだ。

雪麗は、目覚めるために眠っているのだ。

ソウシは若葉色の目を涙で満たし、顔を歪めた。雪麗、瑞琳、と一度ずつ名を呼ぶと、崩れるように、雪麗の傍らに顔をうずめる。

「ソウシ?」

返事はなかった。ただ、規則的な呼吸が聞こえた。

雪麗の傍で、自身も虹色の光に包まれながら、彼は深く眠っていた。その顔はまるで、ようやく家に帰り着いた、旅人のようだった。

〈了〉

※この作品はフィクションです。実在の人物・団体・事件などにはいっさい関係ありません。

集英社オレンジ文庫をお買い上げいただき、ありがとうございます。
ご意見・ご感想をお待ちしております。

● あて先
〒101-8050　東京都千代田区一ツ橋2-5-10
集英社オレンジ文庫編集部 気付
佐倉ユミ先生

霜雪記　眠り姫の客人（まろうど）

2022年8月24日　第1刷発行

著　者　佐倉ユミ
発行者　北畠輝幸
発行所　株式会社集英社
〒101-8050東京都千代田区一ツ橋2-5-10
電話【編集部】03-3230-6352
【読者係】03-3230-6080
【販売部】03-3230-6393（書店専用）
印刷所　株式会社美松堂／中央精版印刷株式会社

ISBN 978-4-08-680463-9 C0193